진심을
이야기할 때는
가장 작은
목소리로

진심을 이야기할 때는
가장 작은 목소리로

초판 1쇄 발행 2024. 07. 17
초판 2쇄 발행 2024. 11. 20
지은이 가랑비메이커
편집 | 디자인 고애라
사진 portrait262 (6,7,9,13컷 제외)
발행처 문장과장면들 (979-11) 966454
등록 2019년 02월 21일 (제25100-2019-000005호)
팩스 0504) 314-0120
이메일 sentenceandscenes@gmail.com
인스타그램 instagram.com/sentenceandscenes

세상에 작은 빛을 전하기 위해 책을 만듭니다.

진심을
이야기할 때는
가장 작은
목소리로

가랑비메이커
작업 일지

문장과장면들

열일곱, 읽을 책보다 채울 노트가 많았고

스물셋, 불현듯 찾아온 허기에 쓰는 삶을 살기로
결심했다.

서른둘, 여전히 좁은 자리를 지키고 있지만
매일 어디론가 나아가고 있다.

걸음이 늦은 나보다 먼저 도착할 문장을 안다.
그리하여 쓰는 수밖에, 쓸 수밖에.

이 책은 가장 작은 목소리로 쓴
연중무휴의 기록이다.

목차

일러두기

2018-2024의 작업 일지 중 일부의 글을 골라 엮었습니다. 작은 변주와 함께 고르게 흘러가는 연중무휴의 삶을 전하기 위해 작성 연도를 별도 기재하지 않았습니다.

작가의 말

가장 작은 목소리로

2015년 가을부터 2024년 여름까지 열한 권의 책을 펴내며 1,903 페이지를 썼어요. 국어사전보다 더 많은 페이지를 채웠지만 저를 설명하기 위해서는 여전히 많은 문장이 필요합니다. 9년이라는 시간 동안 한눈팔지 않고 성실히 써왔지만 여전히 유명보다는 무명에 가까운 삶을 사는 중이에요. 어쩌면 그것이 제가 매일 쓰는 일을 놓을 수 없는 이유일지 모릅니다.

하루가 다르게 짙어지는 여름밤 냄새를 맡으며 불현듯 아름다운 표지 뒤에 숨겨진 땀내, 눈물 콧물 짙게 밴 이야기를 꺼내고 싶었어요. 부지런함과 성실만으로 해결되지 않는 복잡하고 오묘한 쓰는 삶, 아무리 써도 바닥나지 않고 매일 더 선명해지는 삶, 가만히 덮인 책처럼 누군가의 선택을 기다리며 놓여 있는 삶…. 아무도 모르게 곪다 터지고 환기하는 삶이야말로, 진짜 나의 이야기이기에 오래된 작업 일지를 품고 밖으로 나왔습니다.

아무것도 가진 게 없어 종이와 펜으로 꿈꿀 수밖에 없던 시절, 처음 책을 내고 느꼈던 배신감과 처음으로 나를 응원해 준 독자가 생겼던 순간과 쓰는 삶의 권태와 게으름이 안겨준 그림자까지. 진심만을 담아 털어놓았어요. 부디, 이 민낯의 일지가 무명의 나를 설명하는 각주와 별첨이 되기를 바라는 마음으로요.

이 책은 아주 작은 목소리입니다.

매일 쓰고 때때로 펴내며, 이따금 발견되는 하루들. 그러나 진심에 가장 가까운 시간들. 진심을 이야기할 때는 아주 작은 목소리로, 그래야 오래 깊이 가라앉을 수 있다는 것을 압니다. 작업 일지 『진심을 이야기할 때는 가장 작은 목소리로』가 저를 오래 읽어준 이들에게는 본편만큼이나 아름다운 비하인드가 되기를 바랍니다. 이제 처음 저와 눈을 맞춘 이들에게는 조금 진지한 초대장이 될 수 있겠네요. 여전히 신인의 마음으로 책을 전송합니다.

2024년 6월,

가랑비메이커 드림

여전히

장래희망은

처음 글을 쓰기 시작했던 것은

초등학교 5학년쯤으로 기억한다.

유난히 생각이 많았고 그만큼 그늘도 많았다.

그 모두를 쏟아두었던 것이 일기장이었다.

말이 아닌 문장으로 고민을 털어놓았던 것은

당장에 마주할 사람이 없어도

언제든 내 이야기를 할 수 있기 때문이었다.

그래서 나는 외롭지 않았다.

저서 『지금, 여기를 놓친 채 그때, 거기를 말한들』

에필로그 중

어릴 적부터 장래희망을 적어내는 일이 어려웠다. 되고 싶은 게 많았다. 작은 네모칸을 호기롭게 들어섰다가 어물쩍 사라져 버린 직업들은 떠올려 보기에도 숨이 가쁠 정도다. 미처 써내지 못한 직업이 있다면 아마도 어린 내가 알지 못했던 것이었을거다.

늘 무언가 되고 싶었다. 그래야만 했다. 밤마다 물렁한 침대에 누워 바라보던 낮은 천장, 그 위로 희미하게 발광하던 야광 별이 더는 위로가 되지 않을 때면 두 눈을 꼭 감고 무엇이든 되어야 했다. 그 시절의 나에게 현실은 자주 서글펐고 이따금 잔인했으므로 어디론가 도망쳐야 했다. 작고 어렸던 나에게 가장 빠르고 낭만적인 도피는 무언가가 되는 상상이었다. 그리하여 장래희망이 아닌 장래희망'들'로 비좁던 네모칸에는 꿈과 희망의 반짝거림보다도 녹록하지 않은 현실을 잊기 위한 필사의 바람들이 채워졌다.

어렴풋이 실감했던 현실은 시간이 갈수록 조금 더 선명해졌다. 바람과는 달리, 내가 이룰 수 있는 꿈들이 어제보다 오늘 더 줄어들고 있다는 것을 깨달았다. 희망하는 것과 선택은 다르다는 것, 선택은 결국 선택지를 가진 사람들의 몫이라는 것을 누군가 가르쳐 주지 않아도 스스로 체득했다. 빼곡하던 나의 장래희망들은 학년이 올라갈수록 우수수 떨어져 나갔다. 희망이라는 말이 주는 잔인함에 몸서리를 치며 방학과 개학을 맞았다. 그럼에도 장래라는 말에는 여전히 가슴이 뛰던 여고 시절을 보냈다.

주머니가 볼록한 친구들 틈에서 내가 가진 거라고는 먼지 이는 흙바닥에 돌멩이 하나가 전부인 것처럼 느껴져 괴로운 날에는 더욱 집요하게 희망을 붙잡았다. 망연히 주저앉아 흙먼지에 콜록거리고 싶지 않았다. 울분으로 가득 차 돌멩이를 던지는 대신 손에 쥔 돌멩이로 전혀 다른 세상을 그려보곤 했다. 그 시간은 그 시절 내가 움켜쥔 가장 빛나는 순간이었다. 값없이 배부른 양식이 되어준 것은 작은 노트에 그려보는 나의 미래였다. 바닥에 납작하게 엎드려 써나간 문장들은 내게 주어진 단 하나의 지도였다. 그렇게 지금까지 문장을 이어올 수 있었다.

글을 쓰며 살기로 결심한 이유를 묻는 이들에

게 나는 주저 없이 말한다. 어린 나에게는 읽을 책보다 채울 노트가 많았다고. 장래희망이라는 네 글자에 가슴 뛰던 어린 시절에 품었던 수많은 직업들 가운데 작가라는 두 글자를 오롯하게 지켜낼 수 있었던 것은 아마도 가장 가까웠기 때문이었을 거라고. 그 시절의 내게는 흙바닥과 돌멩이가 전부였지만 그것으로 충분했고 가능했던 세계가 있었다. 이제는 많은 것이 달라졌지만 여전히 내게는 흰 종이와 펜이 가장 가깝다.

그리하여 쓸 수밖에, 쓰는 수밖에. 긴 시간이 흘렀지만 오늘도 나의 장래희망은 쓰는 사람이다.

어린 날의
허기증

내 글은 밝고 환한 곳이 아닌

조금은 어둡지만 아늑한 곳에서.

누군가에게 만족을 안겨주기 위해서가 아니라

스스로를 위로하기 위해서

안아주기 위해서 시작되었다.

어쩌면 내게 글이라는 건 가슴 속에 만들어 놓은

작은 방과 같았는지도 모르겠다.

저서 『지금, 여기를 놓친 채 그때, 거기를 말한들』

에필로그 중

가족들 몰래 그 일을 하기란 여간 힘든 일이 아니었지만, 나는 평생 나만의 일을 가졌다는 것과, 가족들에게 비밀을 가졌다는 것으로 매일매일 아슬아슬하리만큼 긴장했고, 행복했고, 그리고 고단했다.

| 박완서 에세이 『모래알만한 진실이라도』 수록글 <중년 여인의 허기증> 중

마흔에 아무튼 어느 날 갑자기 소설을 쓰기 시작했다는 박완서 작가가 글을 쓰게 된 건 중년 여인의 허기증 때문이었다. 무엇이 되겠다는 뚜렷한 목표 없이 별안간 불타오르는 창작열에 쓰지 않을 수 없었다는 것이다. 갑작스럽게 덮쳐온

그녀의 허기가 한국 문학에 지대한 영향을 끼친 것이다. 1,200장의 원고를 빼곡하게 채운 첫 소설이 단번에 문학상을 받은 천부적인 문학성에 감히 비할 수는 없겠으나 1970년 봄, 마흔의 전업주부 박완서 작가에게 찾아온 창작의 허기와 글을 쓰며 느끼는 아슬한 긴장감과 오묘한 기쁨이 2015년 가을, 스물셋의 나에게도 세월과 세대를 넘어 동일하게 느껴졌다는 것을 확신한다.

스물셋. 책을 낸다는 것이 무엇을 의미하는 것인지 알기도 전에 덜컥 첫 책 『지금 여기를 놓친 채 그때, 거기를 말한들』을 냈다. 열일곱의 습작부터 국문학도의 창작 실기작까지, 끝을 알 수 없던 허기를 채우기 위해 쏟아냈던 글들이 처음 책이 되어 나왔을 때 포만감은커녕 이전보다 더 큰 허기를 느꼈다. 아이러니한 일이었다. 그때의 나는 일종의 배신감마저 느꼈던 것 같다. 종이 위의 활자들은 누군가 고쳐 쓴 것처럼 어딘지 모르게 낯설고 어설프게만 느껴졌다. 기어코 세상에 나오고야 말았으니 이제는 없던 일로 무를 수도 없는 이 작은 책 하나가 내가 앞으로 써나갈 글들을 단정 지을까 겁이 났다. 이보다 더 잘 쓰고 싶었고 그래야만 했다. 그러나 다시 하얀 모니터 앞에서 앉아 고독한 시간을 견뎌야 한다는 게 두려웠다.

그럼에도 불구하고 쓰지 않는 삶으로 돌아간다는 것은 상상할 수 없었다. 한 번 터져 나온 어린 날의 허기를 채울 수 있는 것은 오직 글쓰기뿐이라는 걸 알았기에 대학 3학년 2학기에 예정되어 있던 실습도 취업도 마다한 채 글쓰기에 골몰했다. 다른 대안을 포기했다고 해서 당장 쓰는 삶이 선명해지는 건 아니었다. 도리어 더 큰 허기를 느끼기도 했다. 강의실을 떠난 나에게는 함께 밤을 새우는 친구도, 안전한 가이드라인을 제시하는 교수님도 없었다. 침묵과 의심만이 맴맴 도는 진짜 고독이 시작된 참이었다.

가엾은 신출내기 작가는 내적인 허기뿐만 아니라 궁핍의 위기도 몇 번 안았어야 했다. 만 원짜리 책 한 권을 팔면 남는 칠천 원(정확히는 칠천 원에서 제작비를 제외해야 정말 남는 돈이지만)은 나의 모든 소비의 기준이 되었다. 커피를 마시고 국밥을 비울 때마다 몇 권의 책을 팔아야 하는지 따지

다가 체하기도 일쑤였다. 그러나 굴하지 않고 계속 썼다. 가난한 시절에는 가난을 재료 삼아 쓰며 가난한 문장들이 희미해질 날을 기다렸고 뜻밖의 풍요가 찾아오면 야금야금 아끼고 아껴 오래 머금기 위해 썼다.

자랑할 거라곤 지금도 습작기처럼 열심히라는 것밖에 없다. 잡문 하나를 쓰더라도, 허튼소리 안 하길, 정직하길, 조그만 진실이라도, 모래알만 한 진실이라도, 진실을 말하길, 매질하듯 다짐하며 쓰고 있지만, 열심히라는 것만으로 재능 부족을 은폐하지는 못할 것 같다.

| 박완서 에세이 『모래알만한 진실이라도』 수록글
<중년 여인의 허기증> 중

가진 것은 원래 없었고 할 수 있던 선택지도 반납해 버린 나의 젊은날이 할 수 있는 것은 정말 쓰는 것뿐이었다. 빈손을 가진 덕분에 다른 것은 몰라도 그 누구보다 절박한 마음으로 여기까지 왔다. 요령도 안주도 나에게는 여전히 멀고 먼 이야기라는 것이 조금도 아쉽지 않다. 박완서 작가의 말처럼 그 열심이라는 게 언제나 재능 부족과 끊임없는 허기를 충족시켜 주지는 못할지라도 부끄러움의 부피를 느리게 키울 수 있었다.

스물셋에서 어느덧 서른둘. 여전히 매일 수습하듯 애쓰며 나아가고 있다. 여전히 내일을 알 수 없는 두려움과 허기는 내게 가장 가까운 연료이다. 여전히 가난에 가까운 삶을 살아가는 중이며

기도하듯 써낸 문장에는 그늘진 구석이 많다. 그러나 나의 부족함과 위태로움이 더는 부끄럽지 않다. 어린 날의 허기는 이제 젊은 날의 허기로 이어져 어쩌면 포만감이란 영영 모르고 살아갈지도 모르겠지만, 허기를 모르던 시절로 돌아가고 싶지 않다. 진짜 내가 누구인지 알아가는 여정은 굶주림과 함께일 때 더욱 선명해지니까. 다만 이 허기가 나를 조금 더 부지런한 글과 삶으로 데려가 주기를 바랄 뿐이다.

시인이
되고 싶었다

매일 밤, 늦은 걸음을 떼면서도

나는 시인이 되고 싶었다.

선생들은 그저 웃었고 더러는 침묵했다.

멀거니 가느다란 눈으로 저 어린 것은

아직 세상을 모르는구나, 하는 것 같았다.

그 어린 것은 그대로 이불 속에 엎어져서

소리도 없이 눈물을 흘렸는데.

작은 눈물방울이 종이를 울려대면

이를 악물고 한 줄 한 줄 써 내려가며 달래야 했다.

저서 『언젠가 머물렀고 어느 틈에 놓쳐버린』

수록글 '여고시절' 중

학창 시절에 나는 작가라는 넓은 세계, 그 가운데 시인이라는 좁고 깊은 강물이 되고 싶었다. 언뜻 보면 멈춰있는 것만 같지만 멈추는 법 없이 제 속도로 나아가는 낮고 고요한 흐름이 되고 싶었다. 크고 작은 시련들이 시끄럽게 닥쳐오던 시절에 내가 그려볼 수 있는 가장 안전한 삶이었는지도 모른다.

여전히 유효한 그 바람은 고등학생 때 들었던 강연에서 시작되었다. 문학인과의 만남이라는 이름으로 매년 한 명의 시인이 초청되어 강연을 하는 그 시간이 내게는 일 년 중 가장 기다려지는 날이었다. 성적과 무관하고 지루한 행사에 시큰둥하던 아이들 틈에서 나는 홀로 마른침을 삼키며 비밀스러운 꿈을 꿨다. 모든 것이 위태로웠던 그 시절에 들려온 시인들의 말은 내 작은 용기와 막연한 희망을 꿈틀거리게 했다. 신입생을 대상으로 하던 행사에 나는 꼬박 3년을 참석했다. 처음으로 무언가를 고집스럽게 원했던 순간이었다. 서로 다른 모양으로 굽이쳤던 시인들의 삶과 그 세월이 만들어낸 문장은 가난했던 주머니를 부끄러워하던 나의 고개를 들게 했다. 빈 손으로 걷는 산책의 즐거움을 차차 알게 되었다. 겸손하지만 부끄러움 없던 삶의 고백들은 그들의 시처럼 연약한 풀꽃 같기도 했고 단단한 바위 같기도 했다. 작고 나약한 삶을 비추는 문장의 아름다움과 무게를 그때 처음 알았다. 나의 희미하던 장래가 옅은 실루엣을 갖추기 시작한 순간이었다.

'시인.'

시인이 되고 싶었다.

도저히 손에 닿을 것 같지 않던 동경의 이름, 그 삶에 다가갈 용기를 건네준 어른은 J시인*이었다. 이제는 십 년도 더 지난 그 하루를 선명히 그려낼 수는 없지만 어렴풋이 기억하는 장면들이 있다. 당시 기르던 강아지의 움직임을 칠판에 그려놓았던 것, 자연에서 느끼는 감정을 아주 천천히 이야기하던 것, 경청하던 어린 우리를 지그시 바라보던 눈빛은 여전히 희미한 잔상으로 남아 있다. 그의 시를 뒷받침하고 있던 삶을 향한 다정과 사랑, 주름진 얼굴에서 번져 나오는 여유를 읽으며 시인이 되기로 결심했다.

좋은 시를 남기고 싶다는 생각보다 앞섰던 것

은 넉넉함을 향한 동경이었다. 열일곱에서 열아홉의 나는 여전히 좁고 날이 선 마음이었지만 세월이 흘러 부드러운 주름에 닿게 될 때면 나도 그들처럼 보드라운 마음으로 세상을 마주할 수 있을까. (그의 말처럼) 다른 누군가를 대신하여 울어줄 수 있을까. 절박한 기대가 불쑥 자라나던 가을이 있었다. 그 시절의 내가 시인이라는 이름에 닿고 싶었던 건 시라는 몇 줄의 문장보다도 시적인 삶을 향한 갈망이었는지도 모른다.

그로부터 긴 시간이 흘렀고 동경의 눈을 반짝거리던 여고생은 이제 글을 쓰는 사람이 되었다. 몇 권의 책을 냈지만 바람처럼 시인이 되지는 못했다. 등단을 하거나 시집을 내지 않았다는 명백

한 이유가 있지만 나는 안다. 아직 내 삶은 그 시절에 꿈꿨던, 세상을 향한 다정과 사랑에 미치지 못했다는 것을. 그리하여 시를 쓰지 못했고 시인이라는 이름은 여전히 꿈처럼 남아 있다.

내 안의 연약한 것을 모아 단단한 시 한 편을 남기기까지 들여야 하는 뜸이 여전히 숙제처럼 남아 있다. 그러나 그 시절에 배운 것이 한 가지 더 있다. 아름다운 문장은 온전한 아름다움에서 시작되는 것이 아니라 그곳에 닿기 위한 몸부림의 흔적이라는 것. 처음 시인을 동경하던 시절부터 지금까지 나는 계속해서 몸부림치고 있다. 날마다 날이 서는 세상으로부터 내 안의 시를 지켜내기 위해서. 가만히 고이지 않고 당신에게 부지런히 흘러가는 맑은 물결이 되기 위해서 고요한 싸움을 하고 있는 중이다. 나의 꿈틀거림이 멈추지 않는다면 언젠가에는 멀게만 느껴지던 시인들과 내 삶이 작은 교집합을 그릴 수 있지 않을까.

10여 년 전 당신의 흩어진 말들이 누군가의 삶을 세워 나갔다는 것을 시인은 알까. 가난한 마음에서 깊은 시 한 줄을 발견할 수 있다고 당신이 던져준 말 한마디를 붙들며 나아간 어린 삶이 하나 거기 있었고 그 삶이 자라나 미약하지만 작은 문장들을 남기고 어디선가 느리게 읽히고 있다는 것을. 할 수만 있다면 조금 천천히 알게 되었으면 좋겠다. 내 삶과 문장이 굽이굽이 흐르고 흘러서 마침내 좁고 깊은 한 줄의 시가 될 때까지.

* J 시인 |

정호승 시인. 작가가 되고 난 후에 시인의 신작을 사전 구매하여 '가랑비메이커'라는 필명으로 사인을 요청한 적 있다. 도착한 도서를 열어보니 '가랑베메이커'로 잘못 적혀 있었지만 아주 긴 시간을 지나서 짧은 눈 맞춤을 한 것처럼, (동경하던 삶에) 한 보폭은 더 가까워진 듯한 묘한 위로를 받았다. 시인의 시 중 가장 좋아하는 것은 <내가 사랑하는 사람>이다.

짧고
옅은 비

내 삶이란 영화에 나레이션이 있다면
지금, 이 순간은 어떤 문장이 될까.
조금은 담담했으면 좋겠는데
그래도 당신에게는 빗물이 되고
바다가 되어 파도를 가져왔으면.

저서 『지금, 여기를 놓친 채 그때, 거기를 말한들』
수록글 '어떤 문장'

7월이 가고 8월이 시작됐다. 유월부터 진득하던 더위는 제 몫을 다 소진해버렸는지 몇 차례 짧은 비가 내리고 나니 바람이 제법 선선해졌다. 이제 더는 목덜미에 붙은 젖은 머리카락을 긁어내며 일어나지 않는다. 한낮의 거리를 땅만 보며 걷지 않지 않는다. 눅눅한 밤공기를 탓하며 잠 못 드는 날들도 서서히 줄고 있다. 조금 이른 것은 아닌가 싶은 입추를 지나며 이대로 가을이 오는 걸까 하는 기대로 밖을 나서면, 매미들이 아직 바깥은 여름이라며 힘차게 울어대는 중이다. 산책길에 난 작은 하천을 울창한 숲으로 만든 여름의 생명력도 여전히 나를 놀라게 한다. 짧은 옷과 높게 올려 묶는 머리를 좋아하지 않는 나조차 별 수 없게 만드는 계절은 여전히, 뜨겁게 진행 중이다. 무더운 계절을 견딜 수 있는 힘이 되어주는 건 이따금 내리는 짧은 비다.

장마가 사라진 여름은 어항 속을 헤엄치는 듯한 불쾌함 대신 타들어 말라가는 듯한 열기를 우리의 몫으로 남겨두었다. 누군가는 장마 없는 여름이 성가시지 않아 좋아하겠지만 나는 마른하늘을 보며 비를 기다렸다. 이동할 때마다 우산을 폈다 접었다 하는 일과 축축하게 젖은 바짓단과 소매 끝은 내게도 성가신 일이다. 그런데도 마땅히 해오던 일이다. 갑작스럽게 내리는 비를 피하기 위해 달렸던 일, 새 우산을 사는 게 아까워서 편의점 안에서 냉방에 몸을 덜덜 떨며 비가 그치길 기다렸던 일. 비가 온다며 정류장까지 마중 나온 식구들과 집으로 가는 길에 떡볶이를 포장해 갔던 일. 조금 불편하긴 했어도 소소한 즐거움과 안락함을 느꼈던 순간이 그리웠다. 연신 덥다는 말만 반복하는 여름보다는 이따금 비에 젖어 집으로 돌아가는 길에 춥다면서 서로를 부둥켜안던 여름이 지루하지 않았으니까.

요즘은 비에 젖는 일이 쉽지 않다. 낮은 강수율도 한몫했지만 적은 비마저도 늦은 밤이나 이른 새벽에 아무도 모르게 내리고 그치길 반복한다. 그 탓에 까맣게 젖은 주차장 바닥을 보며 밤사이 비가 왔음을 짐작할 수 있었다. 내리는 비에 우산을 펼치기보다 무작정 뛰어들고 보던 어린 시절을 지나온 나에게는 마른하늘의 여름이 조금 가혹하지만 이따금 찾아와 주는 짧은 비를 누구보다 반가운 마음으로 맞이하는 중이다. 요즘은 덜

덥지 않냐는 인사말에는 "비가 와줘서 그래요, 아주 짧은 몇 번이었지만요."라고 답한다. 어제보다 조금 시원해진 기운에 눈을 뜬 아침이면 베란다로 나가서 젖은 주차장을 내다보며 생각한다. 그저 몇 차례 짧은 비면 된다고.

"갈수록 메말라 가는 세상에 비를 내리고 싶어서요."

열일곱의 내가 글을 쓰기로 결심했던 이유를 잠시 떠올려본다. 스물셋부터 나의 정체성이 되어버린 가랑비메이커*라는 필명의 의미를 되새길 때마다 지나치게 거창한 꿈은 아니었나? 하는 생각에 이따금 목소리가 작아지고는 한다. 그러나

무더운 여름을 버티게 해준 짧은 비의 흔적을 바라보며 조금은 가벼워져 보려고 한다.

해갈을 위한 비는 반드시 긴 장마나 시원하게 쏟아지는 소나기가 아니어도 괜찮다. 그저 몇 차례 찾아오는 짧은 비면 된다. 애초에 나의 꿈은 가랑비, 딱 그만큼의 위로였다.

* 가랑비메이커 |

필명 가랑비메이커는 고등학생 시절에 큐티책에서 발견한 단어였다. 예수님의 사랑은 긴 장마나 소나기처럼 불쾌감을 주는 방식으로 찾아오지 않고 가랑비처럼 메마른 삶에 소리 없이 다정하게 내리는 위로이자 참 사랑이었다는 말에 감명 받았다. 어떤 삶을 살게 되든 가랑비를 내리는 사람이 되겠노라는 다짐을 했다. 시간이 흐르고 그 다짐은 가랑비처럼 은근한 온기를 전하는 문장을 쓰겠다는 것으로 구체화되었다.

연중무휴

봄이 되면 식곤증에 꾸벅꾸벅 졸면서 책을 썼고

여름이면 불같이 찾아오는 불쾌감과

미묘한 기운을 물리치며 글을 읽었다.

가을에는 이따금 아무것도 쓰지 않으며

공상에 빠져 있었고

겨울이면 발등에 떨어진 불이 꺼지지 않기를

바라며 부지런히 몸을 움직였다.

저서 『한 뼘의 계절에서 배운 것』

프롤로그 '사계절이라는 축복' 중

연중무휴라는 단어를 볼 때면 묘하게 안도가 됐다. 세상은 예측할 수 없는 것투성이인데 비가 오나 눈이 오나 개의치 않고 늘 같은 곳에 불을 밝히고 문을 열어두는 곳이 있다는 사실만으로도 위로가 될 때가 있다. 연중무휴의 삶을 꿈꾸던 때가 있었다. 글 쓰는 일만이 아니라 다른 일을 해야만 먹고 살 수 있던 시절에는 한 시라도 빨리 전업작가가 되고 싶었다. 쓰는 일만이 내게 주어진 몫이라면 쉬지 못해도 살만할 것 같았다.

한때 기업 교육 관련직에 종사하기를 꿈꾸며 복수 전공 포트폴리오와 학점 관리, 자격증 취득 등 성실한 학과 생활을 해왔다. 그러던 중 덜컥 책을 냈고 학과 생활과 작가 생활을 병행하며 나는 내가 기어코 취업이 아닌 창작의 길을 걷게 되리라는 것을 직감했다. 분명 쉽지 않고 이따금 서럽고 괴로운 날들도 있겠지만 진정하고 싶은 일을 하며 살고 싶었다. 모두에게 최선인 선택이란 없지만 내게 최선의 선택은 쓰는 삶이었다. 그러나 겨우 한 권의 책을 낸 풋내기 작가에게 책으로 벌어먹고사는 일은 판타지에 가까웠다. 그리하여 국문학 전공과 책 출간 경험을 앞세워 닥치는 대로 일을 구했다. 이왕이면 읽고 쓰는 일로 돈을 벌고 싶었다. 주로 학원에서 국어를 가르치고 방과 후 교실에서 독서 관련 수업을 맡아 했다. 글쓰기와 교육이라는 두 가지 전공*을 얼추 얼버무려 구한 일이었다. 아이들과 가르치는 것을 좋아해 적성에 꽤 맞는 일이었지만 생각보다 많은 품이 들었다. 수업을 진행하는 시간보다 수업을 준비하는 시간이 배는 길었다. 아이들 간의 시시콜콜한 문제는 끊이지 않았고 종종 학부모들의 무례한 태도에 무력해지곤 했다. 고작 이십대 초반에게는 버겁고 복잡한 노동이었다.

무엇보다 '내 글'을 읽고 쓸 시간이 부족했다. 강의가 끝나면 부리나케 학원으로 출근했고 수업과 회의를 마치고 나면 늦은 저녁이었다. 겨우 놓친 식사를 때우고 글을 쓰려고 앉아 있으면 이내 잠이 쏟아졌다. 쓰고 싶던 이야기가 줄줄 잘 써지는 날에는 갑작스럽게 처리해야 할 업무가 생겼다. 제때 맺지 못한 이야기들은 결국 갈피를 잃은 채 시들시들 생기를 잃다가 습작 폴더에 영영 잠들고는 했다.

무엇 하나 온전하게 제 자리를 찾지 못한 상황 속에서도 야금야금 쓰며 다음 책을 펴냈다. 세 번째 책을 출간하고 나서 비로소 결심이 섰다. 처음은 멋모르고, 두 번째는 혹시 몰라서 였다면 세 번째부터는 정말 쓰지 않고서는 살 수 없었기 때문에 책을 냈다. 내 평생의 일이 쓰는 일이어야 한다는 결심이 서자, 나는 가난한 작가라는 이름 외에 다른 것을 모두 내려놓았다. 최저 임금의 서너 배의 시급을 포기하고 마침내 책이 팔리는 만큼만 먹고 사는 전업 작가의 세계로 들어선 것이다.

전업의 길은 겸업일 때와는 비교할 수 없을 만큼 많은 애정과 열정이 필요했다. 아침 한 숟가락을 드는 순간부터 침대에 몸을 누이는 순간까지 쓸 수 있는 태세를 갖추었다. 어떤 훼방이나 다른 책무가 없다보니 쓰지 않을 핑계가 없었다. 쓰는 일은 곧 삶의 호흡이 되었다. 그야말로 연중무휴의 쓰는 삶이 시작된 것이다. 얼마간 단꿈에 젖어 지냈지만 시간이 갈수록 출퇴근과 휴일의 개념 없이 홀로 쓰고 펴내는 일의 무게를 실감하기 시작했다.

*

집필과 출판을 홀로 해내는 연중무휴의 삶은 이렇게 흘러간다. 눈을 뜨면 설렘과 두려움으로 전일 매출을 확인하고 밀린 메일에 성실히 답한다. 늦은 세수를 하고 질긴 바게트를 뜯으며 그 사이에 도착한 답신을 확인한다. 책을 받아달라고 보내둔 메일에 거절하는 회신이 와도 더는 슬퍼하지 않는다. 고고히 꼿꼿히 쓰는 나와 고군분투하며 책을 펴내고 부지런히 알리는 나를 분리하기로 했기 때문이다. 편집자이자 마케터로서 갖춰야할 능력 중 하나는 의연하게 단념하는 것이다. 성실하게 쓰고 꼼꼼하게 책을 만들었다면 이제 남은 것은 바깥 세상의 판단과 평가라는 것을 알기에 내가 어떻게 할 수 없는 것과 이미 지나간 것에는 마음을 두지 않기로 한다. 머물러 슬퍼하기에는 남겨진 일들이 많다.

오후에는 밀린 집안 일과 산책을 다녀오는 일 외에는 종일 모니터 앞에 앉아서 글을 쓴다. 출간을 위한 집필만 아니라 수업의 커리큘럼을 수정하거나 수강생의 원고를 읽고 피드백을 남기는 시간이기도 하다. 시즌에 따라서 출간 보도 자료를 만들거나 지원 사업 기획서를 쓰며 하루를 보내기도 한다. 오래된 노트북 팬이 돌아가는 요란한 소리와 키보드를 두드리는 소리는 내 하루의 오랜 배경음악이다. 급한 일을 끝내면 침대에 누워 괴상한 소리를 내며 있는 힘껏 몸을 늘어뜨리다 소리 없이 잠에 든다. 짧은 초저녁잠은 잠시 밖을 나가 함께 담소를 나눌 동료가 없는 내가 머리를 환기 시키는 오랜 방식이다. 잠깐 누웠다 일어나는 것만으로도 하루의 후반전을 새로운 마음으로 나설 수 있다.

저녁은 성대하지는 못하더라도 하루 중 가장 정성스럽게 챙겨 먹는다. 따듯한 음식으로 빈속을 천천히 채운 후에는 잠시 밖을 나선다. 퇴근 후 집으로 돌아가는 이들을 거슬러 걸으며 짧은 밤 산책을 즐긴다. 창백한 얼굴들을 무표정하게 스쳐 지나가지만 하루 중 가장 상상력을 발휘하는 시간이다. 귀가하는 이들의 표정, 잠들 준비를 하는 나무와 벤치의 흔적들을 보며 지난 하루를 짐작하는 일, 미묘하게 달라진 밤하늘의 색을 확인하고 바람의 냄새를 맡으며 내일 날씨를 가늠해 보는 일. 모두 무용해 보이지만 쓰는 삶에서 이보다 유용한 시간은 없다.

밤산책을 마치고 모두가 문을 걸어 잠그고 혼자만의 시간을 보내는 시각에, 나는 비로소 마음의 문을 활짝 열어 많은 이들을 초대한다. 지난 시절을 함께하며 서로를 울리고 웃기던 이들을 떠올리다 불쑥 늦은 안부를 전하고 싶은 마음을 작은 노트 위에 끄적이는 몇 줄의 문장으로 대신

한다. 분명한 일터도 동료도 없이 홀로 쓰는 삶은 철저히 혼자만의 몫으로 굴러간다. 목소리를 내지 않고 보내는 하루들이 늘어간다. 내일은 쓰고 읽는 사이에 말하고 듣는 시간을 끼워 놓기로 다짐하며 몸을 누인다. 얼마간 뒤척이다 까무룩 잠이 든다.

특별할 것 없는 일과는 하루, 일주일, 한 달을 지나 꼬박 일 년, 마침내 하나의 삶으로 작은 변주와 함께 이어진다. 누구도 시키지 않은 날들. 스스로 감수하기로 했기에 어떠한 보상해 보장되지 않는 삶이 연중무휴 반복된다. 값으로 매길 수 없는, 그리하여 값으로 쳐주지 않는 문장들이 느리게 늘어가는 삶을 살아가고 있다.

달리다 못해 뛰어가듯 변하는 세상에서 홀로 점을 찍고 선 채 쓰기만 하며 살아도 괜찮은 것인지 두려움이 엄습할 때가 있다. 모두가 알아볼 수 있도록 불을 밝힌 간판도 근사한 유니폼도 없는 나의 연중무휴의 쓰기를 누가 알아나 줄까? 자주 허탈해지기도 했다. 그러나 여전히 어디선가 나를 찾아서 굽이굽이 좁은 길을 찾아주는 이들이 있다. 그들의 깊숙한 방문에 볼멘 투정을 멈추고 마음을 다독인다.

목이 좋은 곳에 놓인 대형 24시 편의점은 아니더라도 매일 성실하게 꺼지지 않는 불을 밝히고 있는 단골 슈퍼처럼, 이곳에 오래 머물러 쓰고 읽히는 삶이 되자고.

* 두 가지 전공 |

대학에서 국어국문학을 주전공하고 창의인재개발학을 복수전공했다. 국문학과에서 창작에 대해 많은 걸 배우지는 못했지만 작가와 글쓰기 강사로서 활동할 때 요긴한 이력이 되어주고 있다. 창의인재개발학에서 배운 교육학과 의사소통 능력도 다양한 모임을 이끌어 나가는 데 도움이 되었다. 결국, 졸업장이 필요 없는 일을 하게 되었지만 치열하게 학과 생활을 했던 것을 후회하지 않는다.

계산할 줄
모르는 마음

내가 당신에게 당신이 내게

완전하지 않아도 온전할 수만 있다면

그렇게 우리의 이야기는 시작될 거야.

어차피 우린 모두 삐뚤빼뚤하고

가끔은 어긋나잖아.

우리라는 이름 앞에서만큼은

잔뜩 쥔 힘을 빼고 맨 얼굴로 만나자.

저서 『지금, 여기를 놓친 채 그때, 거기를 말한들』

프롤로그 '완전하지 않아도' 중

여전히 무명에 가까운 나지만(무명도 유명도 결국 모두 상대적이라는 걸 안다.) 지금보다 더 발견되지 못하던 초보 작가 시절의 내게 '작가님'이라는 호칭을 가장 많이 불러준 건 S가 아니었을까. S는 그 시절 나의 어깨가 으쓱하게 해주던 나의 독자였다. 독립출판이라는 말도 모르는 채 덜컥 책을 냈을 정도로 무지하던 나에게 그녀는 활짝 열린 문이었다. 내가 하는 어떤 이야기든 받아들일 준비가 되어 있다는 듯이 그녀는 나의 활동을 열렬히 응원해 줬다.

가랑비메이커라는 여섯 글자가 내게도 아직 익숙하지 않았을 때 '가랑비메이커 작가님께'라는 글자가 적혀 있는, 최초의 팬레터를 보내온 것도 그녀였다. 순례길을 걷던 중에 보내는 편지라고 했다. 적혀 있던 말들이 정확히 기억나지는 않지만 언제라도 나의 다음 글을 기다리겠다는 문장만큼은 선명하게 기억에 남는다. 그때까지만 해도 나에게 책은 지나칠 만큼 숭고한 것이었고 그 탓에 누군가의 러브콜도 없이 스스로 책을 펴냈다는 사실에 자부심보다 부끄러움을 느꼈다.

그럼에도 불구하고 너무 늦지 않게 다음 책을 결심할 수 있던 것에는 그녀의 시선이 컸다. 어설프게 준비해 참여했던 첫 마켓과 토크에 찾아와 한 아름 꽃을 안겨주고, 아무도 나를 궁금해 하지 않을 때 가장 먼저 나를 인터뷰했던 것도 그녀였다. 오랜 시간 운영해온 블로그에 인터뷰를 싣고 싶다며 정성스럽게 준비해 왔던 질문들과 햇살에 그을려 붉던 S의 얼굴은 창경궁을 지날 때마다

떠오르곤 한다.

자주 서로의 안부를 묻곤 했음에도 동갑내기인 그녀와 말을 놓기까지는 꽤 시간이 걸렸다. 분명 좋은 친구가 될 거라는 예감이 있었지만 작가와 독자라는 끈끈한 관계를 놓고 싶지 않은 욕심도 있었던 것 같다. 나의 작은 걱정과는 달리, 글이 아닌 삶으로 맨살의 우정을 나누게 된 후로도 그녀는 꾸준히 내게 적당한 간격과 은근한 애정으로 힘이 되어준다. 이전과 달라진 것이 있다면 '잘 읽을게요.'에서 '잘 읽을게'로, 우리의 대화에 '-요.'가 사라졌다는 것뿐이었다. 이제는 너무 성실하게 책을 펴내는 것 같아 소식을 전하기 머쓱할 때도 그녀는 늘 후원자 목록에 이름을 올리곤 했다. 참으로 지구력 있는 응원이다. 그렇다면 나는 어땠나. 미안하고 부끄러워 글 뒤로 숨어버리고 싶은 마음이다.

나는 작가로도 친구로도 성실하지 못했다. 그녀 외 몇 사람의 독자가 전부이던 시절을 지나서 어느덧 9년 차 작가가 되었고 작은 출판사도 운영하고 있다. 그 사이 내놓은 책이 늘어난 만큼 나의 다음 문장을 기다리는 독자들도 조금씩 늘었다. 그러는 사이에 우리는 모두 바빠졌고 이전처럼 안부와 응원을 가시적으로 전할 기회가 줄었다. (이전에는 작가이기 때문에 였다면) 이제는 친구이기 때문에 마음을 표현하는 것에 소극적이 되었다.

꿈 많던 이십 대 중반의 우리가 서른을 지났다. 얄미운 세상을 지독히 알고 나서도 여전히 안

정보다는 도전에 마음이 기울어서 그녀도 나도 이전보다 더 시간을 쪼개며 살고 있다. 언젠가는 시간이 엇갈려 통화 한 번을 하기 위해서 서로의 휴대폰에 몇 번이나 부재중 기록을 남기기도 했다. 그만큼 우리는 치열한 서른을 지나가는 중이었다.

목포에서 지내던 삶을 정리하고 서울로 올라온 그녀와 아주 오랜만에 마주 앉았다. 마치 어제 본 사이처럼 우스운 말을 나누며 이야기를 시작했다. 어항 속 같던 비 내리는 종로 거리를 우산 없이 함께 걸었다. 맨발로 잠실 한강 둔치를 걷던 때처럼 우리는 이견이 없었다.

LP 음악이 흘러나오는, 헛간처럼 작고 아늑한

카페에 나란히 앉아서 따듯한 홍차를 홀짝이며 우리는 습관처럼 첫 만남을 떠올리고, 그때와는 사뭇 달라진 서로에 대해 이야기했다. 수줍던 첫 인상과 달리, 알수록 그녀는 활기가 넘치는 사람이었다. 좋아하는 것도 하고 싶은 것도 많아서 계절마다 크고 작은 모험을 했다. 새로운 사람들과 재밌는 일들을 꾸미는 그녀에게 어쩜 그렇게 지치도 않고 사람에게 마음을 다하는지 물었다. 무엇이든 혼자하는 게 편한 나로서는 대단한 삶의 에너지였다. 그런데 그녀의 답은 의외였다.

"나도 모두에게 마음을 주지는 않아. 그런데 그때 너에게는 아무 계산도 하지 않고 주었던 것 같아."

아무 계산하지 않고 주는 마음은 어떤 마음일까. 덤덤하게 이야기하는 그녀를 보며 한 끝의 마음이 부족해 닿지 못했던 순간들을 떠올려 보았다.

지난 겨울에 그녀가 있는 목포에 가려다가 시간과 경비를 생각하며 끝내 가지 못했던 일, 그녀가 좋아하는 책과 전시에 대해 이야기를 나누려다가 수화기를 내려 놓은 일, 취업과 퇴사를 오가며 지쳤을 그녀에게 다정한 응원을 보태려다가 만 일. 나의 마음은 늘 '하다만' 것들 뿐이었다. 조금 더 힘주어 조금 더 움직여 행할 수 있었던 마음은 늘 마음으로 그쳤다. 사실 이 모든 말들도 결국은 변명일 뿐이다.

항상 큰 배낭을 메고 나타나 산타처럼 선물을 쥐여주고는 사라지던 그녀 앞에서 나는 좀처럼 자라지 못한 어른이었는지도 모른다. 조금 늦었을지 모르지만 이제는 조금은 더 다정하고 든든한 그녀의 친구가 되고 싶다. 좋은 글이 곧 보답이던 시절은 지났다. 그녀가 보내는 여전한 다정에 응답할 수 있는 수많은 방법을 알고 있다. 알고 있는 것, 마음먹는 것에서 더 나아가 달려가 보는 것이 이 여름의 숙제다.

성수와
을지로 사이

하고 싶은 일들을 헤아리다 보면

어느새 새벽.

꿈을 꾸기에 아침은 언제나 이르게 찾아오겠고,

나는 언제나 허둥대면서도

살아있음에 안도할 것이다.

저서 『숱한 사람들 속을 헤집고 나왔어도』

수록글 '습관적 새벽'

성수와 을지로 사이를 헤매는 일로 본격적인 출간 시즌이 시작된다. 늘 붐비는 2호선 지하철 안 근사하게 멋을 낸 들뜬 사람들 사이에서 나는 홀로 커다란 배낭을 멘 채 창밖을 바라보고 서 있거나 운 좋게 난 자리에 몸을 구겨 앉고 피로한 눈을 감는다. 두 시간 남짓의 이동거리는 너무 길지만 잠시나마 작업실을 떠나서 바람을 쐴 수 있는 시간이기도 하다. 창밖으로 뚝섬 유원지가 보일 때면 잠시 감상에 젖다가도 다음 역인 성수역을 알리는 안내 방송이 들려오면 금세 정신을 차린다. 두 손으로 배낭을 꼭 붙든 전투태세로 쏟아지는 사람들을 피해 이리저리 달린다.

[**뛰지 맙시다**]는 딱딱한 서체의 안내문을 볼 때면 잠시 멈칫하기도 하지만 속으로 외친다. 지금

뛰지 않으면 다음은 날아가야 하는걸요.

수많은 인파와 함께 성수역을 빠져나가지만 나는 알고 있다. 이들과 내가 가는 길은 다르다는 걸. 오래된 공장단지와 힙한 공간들이 혼재되어 있는 성수에서 내가 찾는 곳은 십중팔구 전자다. 젊은 사람들과 함께 혼잡한 거리를 걷는 건 5분 정도에 불과하다. 방향을 틀어서 인쇄소가 있는 골목으로 들어갈수록 사람들의 들뜬 소리는 멀어져 간다. 고요한 골목길을 거닐 때면 나 홀로 부지런히 사는 것만 같은 착각에 어깨를 으쓱한 적도 있지만 시간이 갈수록 외롭고 지치는 날들이 늘어갔다. 오랜 시간 준비한 작업물을 만난다는 설렘보다도 빈 배낭을 가득 채울 종이들의 무게에 대한 걱정이 더 크게 느껴지기도 했다.

제 몸만 한 배낭과 천 가방을 이고 좁은 골목을 빠져나오다가 불쑥 서럽다는 생각이 들어서 곧장 집으로 가려던 발길을 획 돌렸던 날이 있었다. 늘 지나치기만 했던 근사한 카페의 문을 밀고 들어가 가장 비싼 음료를 시켰던 날. 삼삼오오 모여서 연말 모임 중인 듯한 사람들 사이에서 홀로 말 없는 커다란 짐을 마주하며 홀짝이는 음료가 맛있을 리 없었다. 짐을 끌고 낑낑대느라 잔뜩 구겨진 옷이 유독 초라하게 느껴져 창가에 비친 모습을 외면하고 싶던 날이었다. 작업물이 행여 구겨지지는 않을까, 코팅지에 비닐 커버까지 잔뜩 꾸려서 짐을 챙기는 사이에 나는 나에게 자주 잊혀지고 구겨지기 일쑤였다. 모르는 사이에 공장 장비에 그을리고 구겨지고 젖은 자국들을 전시하며 쏘다녔던 그날 저녁을 기점으로 성수에 일을 보려 올 때면 이전보다 조금 더 옷차림에 신경을 쓰기 시작했다. 외로울지언정 초라하고 싶지는 않아서. 비록 등에는 다 헤진 배낭을 메야 할지라도.

얼마 전에도 성수와 을지로에 용무가 있었다. 유독 시간이 쫓겼던 탓에 모자나 푹 눌러쓰고 다녀올까 싶었지만 머리를 감았다. 밖을 나서기 전에는 밤샘 작업 탓에 몽롱해진 정신을 깨워줄 향수까지 뿌렸다. 문 밖을 나선지 얼마 되지 않아서 온몸이 땀범벅이 되는 바람에 알 수 없는 향을 입게 됐지만. 서두르며 살고 있는데도 정신을 차려보면 언제나 조마조마한 마음으로 달려가고 있다. 업무를 하달하는 상사도 없는데 늘 시험을 치르는 기분, 동료도 라이벌도 없이 홀로 보이지 않는 경주를 하는 심정이라고 해야 할까. 홀로 글을 쓰고 책을 펴내는 일은 스스로가 견제자인 동시에 감시자인 바람에 어디에서도 느슨한 마음이 되기 어렵다. 내가 지금 하지 않으면 다음에 나를 대신해 이어 달려주는 주자 따위는 없으니까, 내가 엎질러 버린 물을 대신 닦아주는 손을 기대하는 일은 무용하니까……. 달려갈 수밖에는 없다. 나에게 필요한 길은 편하고 쉬운 길이 아니라 단 몇 분이라도 아낄 수 있는 [최단 경로]이다.

작업물을 성수와 을지로에 나누어 맡겨둔 바람에 진땀을 뺐다. 택배로 받았다면 편했겠지만 출간이 임박한 때의 1인 출판사는 1-2일도 여유 없을 만큼 일정이 빠듯하다. 퇴근이 한창인 시간에 7호선과 2호선을 피하지 못한 것은 나의 의지와는 상관없는 일이었다. 의지와는 상관없이 저녁을 거른 채 만원 지하철을 견디고 의지와는 상관없이 터질 듯한 심장을 느끼며 어둑한 골목골목을 달려야 했다. 기대한 만큼 잘 나온 작업물에 잠시 마음을 놓았다가 다시 초인적인 힘을 발휘하며 을지로에 있는 두 번째 거래처에 도착할 수 있었다. 영업 마감 시간이 지났지만 멈출 생각이 없는 듯 시끄럽게 돌아가는 기계 소리에 옅은 안도와 짙은 동질감을 느꼈다. 영업시간이라는 게 무의미한 이들이 여기 또 있었다.

주말이나 조금 이르고 늦은 시간에도 작업 의

뢰 메일에 빠르게 회신하는 I 문화사에서 일을 맡긴 지도 몇 해가 지났다. 퉁명하고 무심한 듯한 말투와는 다르게 까다롭거나 급한 작업 요청을 한 번도 거절한 적 없는 고마운 곳이다. 비록 이따금 '문장과사물들, 문장과얼굴들… 문학과장면들…'이라는 제법 그럴듯한 가명으로 우리를 기억해 주시고는 하지만. 작업의 정확도 만큼은 확실하다. 오늘도 피로가 가득하고 무심한 표정의 사장님께 인사를 드리며 서둘러 작업물을 찾아왔다. 건네받은 박스를 보니 이번에는 [문장과장면들] 출판사 명이 온전히 적혀 있었다. 도대체 이게 뭐라고 조금은 위로가 됐다. 수 년 만에 제 이름을 찾게 된 거다. 대충 휘갈겨 쓴 여섯 글자에 잠시 웃음이 났다.

작업물을 모두 찾고 나서야 긴장감이 풀렸는지 허기가 느껴졌다. 작은 골목에 입맛을 돋우는 냄새가 가득했다. 이곳을 찾을 때마다 꼭 한 번 가 보고 싶었던 중식당 안은 사람들로 가득했다. 커다란 창 안으로 보이는 사람들의 얼굴에는 즐거움을 넘어서 개운함마저 느껴졌다. 넥타이를 느슨하게 풀고 셔츠를 걷어붙인 이들을 보며 금요일의 퇴근이 주는 개운함과 후련함은 어떤 것인지 궁금해졌다. 공식적인 출근이 없듯이 정해진 퇴근 또한 없는 나는 언제쯤 저들이 느끼는 해방감을 알 수 있을까. 그런 생각을 하니 조금 외로워졌다.

왁자지껄한 사람들 틈에서 커다란 짐을 진 내가 홀로 식사를 때울만한 곳은 없었다. 좁은 골목을 몇 번이나 배회하다 결국 골목 끝에 있던 편의점에 들어가 대충 때우기로 했다. 커피우유와 육개장 컵라면을 계산하고 창가의 테이블에 앉아 있는데 골목을 서성이며 담배를 태우는 사람들, 어디론가 바쁘게 걸음을 옮기는 사람들과 몇 번 눈이 마주쳤다. 저들에게 내 모습은 지금 어떻게 보이려나. 괜한 생각이 들어서 빠르게 식사를 마쳤다.

집으로 돌아가는 긴 시간 동안 내가 너무 일찍 늙어버린 것은 아닐까 생각했다. 일찍이 하고 싶은 일이 생겼고 그 일을 생각보다 빨리 시작하게 되면서, 조금 더 서성이고 한눈을 팔며 젊음을 젊음답게 보낼 틈을 놓쳐버린 것은 아닐까. 다른 선택을 했더라면 내게도 성수와 을지로는 발그레한 얼굴로 친구들과 함께 어울려 다니는 힙한 동네가 될 수 있었을까? 좀처럼 하지 않는 '만약에'라는 주문에 빠져 시간을 보냈다. 끝나지 않을 것만 같은 여정을 마치고 녹초가 된 몸을 이끌고 집 앞 슈퍼에 들렀다. 배낭에 쇼핑백에 손이 부족했지만 단 과자와 아이스크림을 잔뜩 집었다. 고단한 날이면 아버지가 통닭을 오셨던 이유를 조금은 알 것 같은 하루를 보냈다.

어제의

목소리들에게

언제부턴가 나는 이뤄낸 것도 없이

너무도 바빠졌고

내가 그리워하던 이들에게

약속한 사람이 되어 있었다.

저서 『지금, 여기를 놓친 채 그때, 거기를 말한들』

수록글 '어른'

글을 쓰고 책을 만드는 일은 하나의 세계를 만드는 일이라, 그 밖의 세상에는 소홀해지고는 한다. 모니터 안에 펼쳐둔 서사가 촘촘해지고 정교해져 갈수록 모니터 밖 나의 세상은 단조로워진다.

밀린 메일을 확인하는 일로 늦은 아침을 연다. 지난밤에 남긴 마지막 문장을 낯선 마음으로 마주하는 일은 오전의 가장 중요한 일이다. 끊어진 서사의 허리를 다시 잇는 일에 허기도 잊은 채 키보드를 두드리다 보면 어느새 환한 낮이다. 그제야 햇살이 내려앉은 거실 바닥에 앉아서 휴대폰을 열어본다. 읽지 않은 메시지들이 빨갛게 쌓여 있다.

나를 찾던 오늘의 목소리가 어제의 목소리가 되고 때때로 지난 계절의 목소리가 되는 것을 뒤

늦게 알아차리고는 한다. 밀고 당길 필요가 없는 이들을 너무 오래 기다리게 하고 마는 것은 나와 그들의 삶의 모양이 너무도 다르기 때문이다.

나인투 식스의 삶을 사는 그들과
밤낮 없는 삶을 사는 나.
주말이 아니면 시간을 낼 수 없는 그들과
주말마다 수업과 페어로 시간이 나지 않는 나.

시간이 갈수록 주변 사람들과 내가 사는 세상은 더 멀어져 간다. 도대체 언제 만날 거냐며 서운함을 성토하던 목소리들은 언제부턴가 요즘도 많이 바쁘지, 하며 조심스럽게 말을 건넨다. 그럴 때마다 나는 잠시 생각에 잠긴다. 내가 하는 일,

내가 살아가는 세상은 진정 이토록 바쁜 것일까. 여전히 나를 포기하지 않은 이들을 기다리게 할 만큼? 잠시 차 한 잔 나눌 수 없을 만큼 매일 촌각을 다투는 것은 아니지만 퇴근과 휴일이 정해져 있지 않다보니, 출판이라는 긴 과정의 업무를 스스로 단락지어 가며 일하지 않으면 죄책감이나 조바심 없이 여유를 찾는 것이 쉽지 않다. 외출을 준비하면서도 마감에 대한 생각을 떨치기가 아직은 수월하지 않은 것을 보면 프로가 되기에는 시간이 조금 더 필요한 모양이다. 애매한 마음으로 만나고 돌아오기보다는 벌여둔 일들을 수습한 후에 홀가분하게 서운한 얼굴들을 풀어주기로 한다. 결국 오늘도 나의 답신은 '다음에'와 '미안해'로 채워진다.

[마감이 얼마 남지 않아서 아무래도

오늘은 힘들겠다. 미안, 다음 모임에서 보자.]

미안하고 민망한 마음에 서둘러 휴대폰을 엎어두고 작업을 재개했다.

"널 만날 수 있는 가장 빠른 방법은 네가 있는 행사장으로 가는 일이야."

언젠가 친구 K가 내게 농담처럼 던졌던 말이다. 책이라면 교과서 외에는 담을 쌓고 산다는 그녀가 국내에서 열리는 가장 큰 도서전에 찾아와 수많은 사람들을 헤집고 내 앞에 짠, 하고 등장했을 때의 전율이 여전히 생생하다. 출장과 야근이 잦은 일을 하면서도 주말에 시간을 내어 나를 만나러 온 그 마음은 어떤 것이었을까. 웃으며 그를 돌려보내고 나서야 그 말 끝에 희미하게 남겨진 감정을 돌아봤다. 골똘히 생각하다가도 이내 몰려드는 사람들을 상대하느라 깜빡 잊어버렸다. 행사가 끝난 후에는 진이 빠져서 고맙다는 문자도 며칠이 지나서야 보낸 나였다. 생각할수록 스스로가 괘씸했다. 키보드에 올려진 손을 떼어서 휴대폰을 집어 들었다. 아직 1이 사라지지 않은 문자를 지웠다. 그리고는 전화를 걸었다.

"오늘은 내가 그쪽으로 갈게. 커피랑 단 거 먹자."

약속된 기한 없이 계속되는 분주한 삶을 선택한 것도 내 몫, 그 멈춤 없는 여정에 작은 쉼표를 찍는 일도 오직 나만의 몫이다. 누구의 승인도 필요하지 않은 일에 나는 과연 누구의 눈치를 보며 줄줄이 이어지는 사랑과 다정에 무응답 중이었던 것일까. 손 닿는 곳에서 펼칠 수 있는 위로와 다정의 세계를 만들겠다며 몰두해 있는 동안 내 곁에 남겨진 이들은 자주 외로워졌을지도 모른다는 생각이 들었다. 그리하여 길고 길었던 어제의 목소리들에게 오늘만큼은 오늘의 나를 전송하기로 했다. 깊고 고요한 동굴을 잠시 벗어나서 누군가와 두 눈을 맞추는 일이 단조롭던 모니터 바깥의 내 삶을 조금 더 다채롭게 해줄 것을 믿으며.

미소와
위스키

요즘은 핑계가 늘어요.

그래요. 가을이라서 그래요.

서늘한 아침 기운에 커튼을 닫았다가도

이내 환하게 쏟아지는 햇살에 다시 활짝 여는 일,

변덕스러운 창밖의 온도만큼이나

갈팡질팡하는 이 마음을

달리 어떻게 설명할수 있겠어요.

창밖의 환절기와 함께

인생에도 환절기가 당도한 것 같아요.

저서『가깝고도 먼 이름에게』

수록글 '환절기'

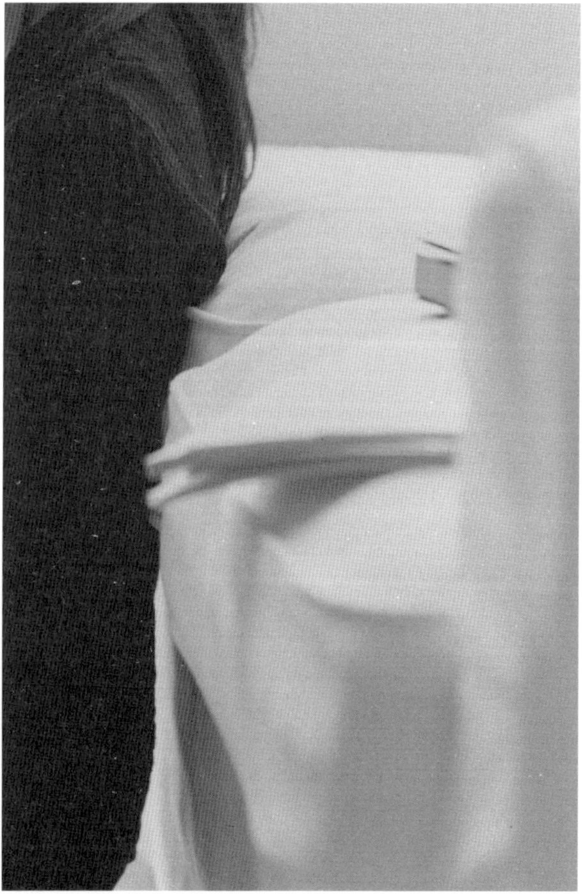

가을에는 유독 마음이 분주하다. 읽고 쓰기에 좋은 계절이기 때문만은 아니다. 착실하게 책을 펼치고 부지런히 글을 써나가기에도 짧은 이 계절은 아이러니하게도 내게 글이 아닌 다른 걸 쓰고 싶게 한다. 무엇 하나 허투루 쓰는 걸 좋아하지 않아서 언제나 아끼고 숨기고 참는 게 익숙한 나를 기어코 헤프게 만드는 계절이다.

노랗게 익어가는 거리에서 예정에 없던 긴 시간을 쓴다. 헤매는 것만이 목적인 사람처럼 같은 구간을 뱅뱅 돌기도 하고 무언가 잃어버린 사람처럼 고개를 숙인 채 길 위를 샅샅이 살피기도 한다. 무엇을 찾고 있는 중이냐고 묻는다면 아마도 '내가 이러는 이유'라는 멍청한 답을 할지도 모르겠다. 그것밖에는 줄 수 없는 답이 없는 때가 있다. 꽉 묶어둔 시간과 마음을 우수수 흩어뜨리고 마는 계절, 스스로가 수수께끼처럼 낯설게 느껴지는 날은 꼭 일 년을 주기로 돌아오고야 만다.

수없이 마주해도 가을은 언제나 처음처럼 생경하다. 언제 어디서든 똑 부러진 느낌표와 단호한 온점을 찍기 위해 애쓰던 나는 사라지고 그 자리를 물음표를 가득 품은 내가 대신한다. 가을에는 늘 궁금한 것들이 는다. 평소라면 검색창을 켜 해소하면 그만이었지만 이전에는 없던 용기가 생긴다. 기꺼이 몸소 시행착오를 겪어낼 용기, 기대를 실망으로 맞바꿔도 괜찮을 것 같은 넉넉한 용기가 솟는다. 그러한 용기는 결국 지난 계절에 착실히 모아둔 시간과 돈, 그리고 마음을 소진하게 한다. 가을은 가진 것이 없는 내가 탕진이라는 단어를 떠올려 보는 유일한 계절이다.

오늘의 탕진은 갑작스럽게 뚝 떨어진 기온 때문에 꺼내 입은 긴 까만 코트 탓이었다. 숨을 헐떡이며 겨우 오른 전철에서 손잡이를 잡다, 소매 끝에 매달려 있던 흰머리 몇 가닥을 발견한 탓이었고, 달리는 열차 창으로 비치는 피로한 내 얼굴이 미소와 겹쳐 보였기 때문이었다.

미소는 영화 「소공녀」의 주인공*이다. 미소라는 따듯한 이름과는 달리 춥고 외로운 길을 걷는 여자다. 하얗게 센 긴 머리카락이 찬바람에 제멋대로 휘날려도 허름한 롱 코트를 끌며 꿋꿋이 걷는 것밖에는 달리할 수 있는 게 없던 그녀가 문득 그리워지는 가을 아침이었다. 만난 적도 없이 그리워지는 이들에게 늘 속수무책이 되는 나는 소매 끝에 매달린 하얀 머리카락이 끝내 바람을 타고 멀리 달아나는 모습을 보며 오늘밤에는 위스키를 마셔 보겠다고 결심했다.

연희동에 있는 작은 바**의 문을 열고 들어설 때까진 술을 마시지 않는 내가 이곳을 닿았다는 사실이 낯설었다. 아무것도 가진 것 없는 미소가 마지막까지 포기할 수 없던 게 왜 다름 아닌 위스키였는지, 나는 그게 왜 지금 이토록 사무치게 알고 싶어졌는지 알지 못했다. 가을은 이따금 내게 까닭 없는 호기심이라는 숙제를 내어주고는 했으니까. 우선 호기심을 해소하는 게 먼저였다.

결심과는 달리 나는 꽤 시간을 끌었다. 술이라고는 이따금 마시는 와인이 전부인 나에게 위스키라는 세 음절은 단번에 입 밖으로 내볼 수 있는 게 아니었다. 낮은 조도의 고요한 공간이 조금 어색하기도 했고 만만하지 않은 숙제를 너무 빨리 털어버리고 싶지는 않았다. 미소의 자리에는 천천히 다가가고 싶었다. 문학 작품 속에 등장하는 여러 술을 상세히 소개하는 메뉴판을 천천히 읽고 나서 위스키 대신 보드카 토닉을 주문했다.

무라카미 하루키의 소설 『노르웨이의 숲』에서 미도리가 가끔 사는 게 괴로울 때면 찾았다는 보드카 토닉을 마시면서도 나는 미도리가 아닌 미소를 떠올렸다. 가끔 삶을 잊기 위해서가 아니라 삶의 필요조건이라도 되는 듯 그녀가 필사적으로 찾았던 한 잔의 위스키는 나의 물음표를 어떻게 바꾸어 놓을까. 차가운 잔을 비워 갈수록 호기심은 커져갔다. 심각한 표정으로 빈 잔을 매만지던 나에게 사장님은 궁금한 게 있다면 편하게 물어보라 했다. 그제서야 나는

"위스키를 마셔 보고 싶어서요."

위.스.키, 세 음절을 뱉어 보았다.

위스키는 처음이라는 내게 그는 가게에 있던 위스키들의 향을 하나씩 맡아보게 해주었다. 키가 크고 묵직한 병이 열릴 때마다 달큼하고 쌉싸름한 향이 퍼졌다. 향을 깊이 들이마시는 것만으로도 취한 듯 머리가 몽롱했지만 두려움은 조금씩 사라졌다. 그중 하나의 위스키를 골랐다. 나중

을 위해 기억해두면 좋다며 작은 쪽지에 위스키의 이름을 적어주었던 것 같은데 쪽지도 기억도 모두 사라져 버렸다. 다만 첫 위스키의 인상만큼은 여전히 입 안에 남아 있는 듯 생생하다.

첫 모금은 무척이나 뜨거웠다. 두 번째는 향긋했고 세 번째는 서글펐다. 40도가 넘는 위스키를 아주 조금씩 나누어 홀짝이면서 나는 많은 문장을 썼다. 가지고 있는 종이라고는 오후에 다녀온 병원 진료 내역서뿐이었지만 어둑한 바 안에서는 모두가 서로에게 무심했다. 덕분에 나는 두 장의 이면지를 반으로 갈라서 그 안을 모두 산발적인 감정으로 채울 수 있었다.

화르륵 타버릴 것 같은 목을 감싸 쥐며 미소

에게 위스키는 찬 겨울을 버틸 온기였을 거라고 생각했다. 가난한 그녀가 가진 허기와 외로움을 채울 수 있는 가장 빠른 방법은 누군가와 함께하는 따듯한 식사가 아닌 구석진 자리에 홀로 앉아 마시는 위스키 한 잔이 아니었을까, 아주 조금씩 느리게 비워내는 그 시간이 그녀에게는 찬바람을 피하는 유일한 시간이 아니었을까. 화기애애한 사람들 속에서 말없이 줄어드는 잔을 바라보던 미소가 외로웠을 거라고만 생각했는데, 그녀를 따라서 빈 잔을 한 번 주변을 한 번 둘러보고 나니 미소가 느꼈던 건 어쩌면 안도였을지도 모른다는 생각을 했다. 꿈결처럼 짧은.

미소에게 위스키가 짧은 위안이었더라면 나

에게 위스키는 무엇이라 말 할 수 있을까. 물음표의 방향이 나에게로 번졌다. 낯선 공간을 채우는 익명의 한 사람으로서 존재하며 내가 사유하고 싶었던 건 무엇이었을까. 도무지 어떤 마음으로 쏟아냈는지 모를 문장들을 물끄러미 바라보았다. 불과 몇 분 전에 토해내듯 써낸 문장들인데도 온전히 이해할 수 없었다. 취기 때문이 아니었다. 어떤 글은 그저 쓰는 행위만이 목적이 되기도 한다는 것을 너무 오래 잊었고 있었다. 엎질러진 문장을 해독하는 대신 나는 계속 쓰기로 했다. 내가 쓴 글들이 앞뒤가 맞는지 아닌지 상관하지 않고 글자를 받치는 종이가 병원 진료 내역서라는 걸 알아채지 않을까 걱정하지 않고 오늘 밤만큼은 무작정 쓰기만 하기로.

위스키의 맛을 처음 알게 된 그 밤 이후로 일년 중 하루, 가을의 찬바람이 겨울의 얼굴을 하는 날만큼은 무리하지 않는 선에서 소심한 탕진을 하기로 했다. 미소는 매일 밤 위스키를 마셨지만 나에게는 고작 하루의 일탈이었다는 아무도 묻지 않는 변명을 하면서.

가진 것 없어도 가난해지지 않는 미소를 따라 나의 입안을 잠시 머물다가 사라진 위스키의 근사한 잔향을 복기하면서 늦은 밤길을 한참을 걸었다. 찬바람에 휘날리는 머리카락은 아무렇게나 둔 채로.

* 미소 |

영화 「소공녀」의 주인공 미소는 가진 것이 없지만 '위스키와 담배, 사랑하는 연인'만 있다면 살아갈 수 있다고 믿는다. 영화 「소공녀」는 나의 인생 영화다. 영화에 대한 진득한 감상은 팟캐스트 <아주 오래전에>6화 '당신의 안식처는 어디인가요.'에서 들을 수 있다.

** 책바 | 서울 마포구에 위치.

말라비틀어진 새우깡과

다래끼

만 원짜리 두 장이면

언제든 펼쳐볼 수 있는 이야기.

어쩌다 냄비받침이 되기도 하지만

이따금 누군가의 삶을 송두리째

바꿔버릴 수도 있는 이야기.

그토록 좁은 세계에 인생을 두고 사는

사람이 여기 하나 있다.

저서『낮달의 시간』

수록글 '만 원 안팎의 세계'

창 너머로 들려오는 소란스러운 소리에 눈을 떴다. 블라인드 사이로 새어 나온 햇살이 좁은 방 안에 빗금을 치고 있었다. 어질러진 책상 위에는 정리하지 못한 원고 뭉치와 펜이 놓여 있고 조용한 벽시계는 오전 11시를 가리키고 있었다. 아침 7시가 되어서야 겨우 눈을 붙였으니 4시간 정도 자고 일어난 셈이었다. 이불 속에서 소리 없이 몸을 늘어뜨리며 기지개를 켰다. 목이 말라서 느적느적 침대를 벗어나려는데 발바닥에 무언가 밟혔다. 새끼손가락만 한 새우깡이었다.

"네 발 밑에 떨어진 새우깡. 그거 이틀째야.
내일은 꼭 주워다 버려."

그제서야 어젯밤 내게 신신당부를 하던 언니가 떠올랐다. 막바지에 온 책 작업을 오늘은 꼭 끝내겠다며 이틀간 외출을 하지 않았다. 아무리 바빠도 삶을 잘 가꾸기 위해서는 매일 청소기를 돌리고 환기를 해야 한다는 잔소리는 줄곧 내 몫이었는데 작업이 잘 풀리지 않을 때 가장 먼저 무너지는 것이 청결이라는 것을 깨닫고 있다. 함께 사는 사람이 없었더라면 아마도 나는 바닥에 참 많은 걸 전시하며 살았을지도 모른다.

방심과 무심 속에서 48시간 이상 바닥에 누워 있었을 새우깡을 주우려고 허리를 굽히는데 갑자기 왼쪽 눈이 터질 듯이 아팠다. 다래끼였다. 어제부터 조금씩 간지럽기는 했는데, 기름진 잔머리가 밤새 눈가를 건드린 게 화근이었던 모양이다. 조심스럽게 확인해 본다는 것이 그만 벌겋게 부은 눈가에 새우깡 가루를 묻히고 말았다. 그렇잖아도 불편하던 눈에 소금기까지 더해져 눈물이 났다. 열감이 있던 눈에서 뜨거운 눈물이 흐르자 짜증과 동시에 엉뚱하게도 해방감을 느꼈다. 어쩌면 울고 싶던 며칠이었는지도 모르겠다. 밤새 붙들고 있어도 진척이 없는 퇴고 작업과 며칠 미묘하게 신경이 예민해져 있는 언니와 자꾸만 게을러지는 나에 대한 불만을, 나도 모르게 누르고만 있었던 모양이다. 말라비틀어진 새우깡에 기대어 늦은 울음을 터뜨렸다. 아주 오랜만에 맛보는 짭짤하고 맛있는 울음이었다. 다 울고 난 후에는 젖은 손을 구겨진 바지에 슥슥 닦아가며 지난 밤 원고를 다시 읽고 쓰기 시작했다.

요즘의 삶은 이렇다. 퉁퉁 부은 눈으로 말라비틀어진 새우깡을 주우며 시작하는 늦은 아침. 지난밤의 서사를 거두고 지금의 장면을 본다면 게으른 백수의 삶처럼 보일 테지. 무릎 나온 바지로 온 집안을 어슬렁거리는 나를 누군들 제대로 읽어줄 수 있을까. 그런 생각을 하자니 우습게도 서글픔보다 즐겁다는 생각이 든다. 좁고 고독한 공간을 조금만 더 버티고 나면 말끔한 차림으로 사람들을 만나게 될 거다. 다음 계절에는 내 이름으로 나온 책이 한 권 더 늘 것이고 새 이야기를 기다려 준 얼굴들 앞에서 나는 새우깡을 먹어본 적은 있어도 밟아 본 적은 없다는 듯 새침한 모습 시치미를 떼고 있을 거다. 말라비틀어진 새우깡과 다래끼와 눅눅한 시간을 견디면서도 끝내 스스로를 초라하게 여기지 않을 수 있는 것은 이러한 상상들 덕분이다.

무엇이

되지 않은 것들

자연을 노래하는 시인이 많은 이유는

그들의 삶이 평화로웠기 때문이 아니라

그 반대였을지도 모른다.

그 어디서도 해답과 위로를 찾을 수 없어서

뛰쳐나왔던 작은 산책길이,

묵은 문제를 희미하게 만들고

선명한 감각의 문장을 쓰게 하지는 않았을까.

올리버의 아름답고 서글픈 시집을 덮으니

노을은 더 갈 데 없이 붉게 타오르고 있었다.

저서 『한 뼘의 계절에서 배운 것』

수록글 '시와 함께하는 산책'

"주로 어디서 영감을 얻으세요?"

영감을 묻는 이에게 조금 더 확신 있는 답을 하기 전까지는 여러 영화와 예술 작품들을 슬그머니 내놓았다가 철회하기를 반복했다. 문장의 영감, 근원을 물을 때면 그럴듯한 답을 하고 싶은 유혹을 떨쳐내기 어려웠다. 내가 닮고 싶었던 작품들이 나의 작업물의 뿌리처럼 여겨졌으면 했다. 그렇게 해서 한 줄의 관련이 생기고 조금이라도 유사한 감상과 찬사를 얻을 수 있다면 좋을 테니까.

어릴적부터 좋아하던 노래나 자주 읽어 너덜너덜해진 책들이나 푹 빠졌던 그림이나 영화들이 내게 알게 모르게 영향을 주고 영감이 되었던 것은 사실이다. 취향을 넘어서 존경과 동경을 느끼게 했던 예술 작품을 보며 창작의 욕구를 불태우던 시절도 있었다. 그러나 나의 작업물이 하나둘 늘어갈수록 책과 음악, 영화 등 타인의 예술 작품으로부터 영감을 좇는 일은 드물어졌다. 조금 더 전투적이고 집요하게 세상을 읽어가기 시작하면서 하나의 창작물에 얼마나 많은 은유와 의도가 있는지를 알게 되었기 때문이다.

창작물에는 저마다 창작자의 세계관이 촘촘하게 세워져 있다. 작품을 읽는 자연스러운 흐름과 유연한 감상 모두 창작자의 치밀한 계산 속에서 가능한 일이다. 글을 쓸 때 점 하나를 찍을까 말까 하는 사사로운(그러나 사실은 치밀하고도 첨예한) 고민을 하듯이 노래 한 곡, 영화 한 편, 그림한 폭에는 창작자의 분명한 의도와 이를 받쳐주는 계산이 있다. 우리가 원하든 원하지 않든 하나의 예술을 마주하는 일에는 영감만이 아닌 영향도 함께 따라온다는 것을 알게 된 후로 나는 필사적으로 누군가의 무엇(작품)을 보며 문장을 시작하지 않으려 했다. 다만 아직 무엇이 되지 않은 것에서 이야기는 시작되었다.

집 앞 산책로에 난 작은 하천의 윤슬
서로 다른 키의 나무들
오후 4시의 그림자.
지하철 역을 오가는 수많은 걸음과
표정을 알 수 없는 이의 뒷모습.

어느 것 하나도 그대로 머무르지 않고 무엇도 완전히 움켜쥘 수 없고 예측할 수 없는 것을 바라보며 글을 쓰기 시작했다. '아직 무엇도 되지 않은 것' 앞에서는 어떻게 시작하고 맺을 것인지, 누구를 쓰고 누구를 지울 것인지… 전부 나로부터 시작되어 나로부터 끝나는 이야기가 가능했다. 영화관과 미술관, 유튜브와 인스타그램을 줄이고 나서야 특별하게 느끼지 못했던 풍경이 매일 나에게 부지런히 말을 걸고 있었다는 것을 알게 되었다.

글이 막혀 더는 나아가지 못할 때면 그럴듯한 영감을 찾아 표류하는 대신 몇 개의 스위치를 끄고 현관 밖을 나선다. 목적 없는 산책을 하며 작은 돌멩이들을 오래도록 바라보기도 하고 바위

사이에 낀 이끼를 문질러보기도 한다. 늘 같은 시간에 같은 자리에 앉아서 멍하니 있는 노인의 보라색 가디건을 바라보며 그가 지나왔을 청춘을 상상해 보기도 한다. 함부로 결론 내지 못할 장면들을 바라보고 있노라면 어느새 가장 안쪽에 숨어 있었던 이야기가 시작된다.

"주로 어디서 영감을 얻으세요?"

이제 나는 조금 더 분명하게 답할 수 있다. 나의 영감은 아직 무엇도 되지 못하여 언제든 무엇이든 될 수 있는 것들, 그리하여 아주 활짝 열려 있는 문과 같은 것들이 나의 영감이라고.

경주는

끝나지 않았다

읽는 것보다 쓰는 것이 행복한 나와

카메라 프레임 안팎을 자유롭게 오가는 일에

기쁨을 느끼는 언니를 누구보다도

잘 알고 있기 때문이었다.

우리는 서로의 꿈에 무한한 응원을 전하는 것뿐만

아니라 깊은 공감을 느끼는 유일한 존재였다.

저서 『한 뼘의 계절에서 배운 것』

수록글 '라디오를 듣다가'

무엇이든 앞서 고민하고 스스로 선택하며 살아왔다. 여유롭게 돌아가거나 오래 망설일 여유가 없이 살아오며 자연히 체득한 삶의 방식이기도 하지만 한 편으로는 비교적 자유로운 환경에서 자랐기에 일찍이 누릴 수 있던 특권이기도 했다. 유난히 독립적인 성향을 타고 나 어릴 적에 받은 용돈을 어떻게 쓸 것인지부터 시작해서 크게는 재수와 대학 진학 사이의 결정 모두 오롯이 나의 몫일 수 있었다. 처음 책을 낸 후에는 취업과 창작(결국은 사업이 된) 사이에서조차 오래 망설이지 않고 창작을 선택했다. 사랑하는 이들의 진득한 애정과 염려도 집요한 간섭과 조언도 나의 걸음의 방향을 바꿔 놓지는 못했다.

그리하여 마침내 작가가 되었다. 작가라는

이름이 장래희망에서 이제는 나의 현재이자 장래가 된 것이다. 분명 꿈을 이룬 것인데 이따금 희망이 쏙 빠진 장래처럼 막막해질 때가 있다. '결국은 내가 한 선택'이라는 사실이 마치 '결국은 내가 한 실수'가 아니었는지 두려워질 때마다 나는 나의 예외적 존재를 찾는다. 오랜 시간 억류되었던 나의 눈물의 댐을 한껏 무너뜨리게 할 수 있는 유일한 사람, 긴 칭얼거림을 단숨에 제압할 수 있는 부드러운 채찍을 든 사람. 나의 쌍둥이 언니*다.

세상을 마주하기도 전에 먼저 서로의 존재를 증명하며 함께해 온 쌍둥이 언니와의 대화에서만큼은 나도 듣는 사람이 된다. 지나치게 급하고 크고 작은 실수를 자주 엎지르는 나와 달리, 꼼꼼하게 돌아보고 신중하게 선택하는 언니는 함께 걷는 짧은 산책길에도 내가 보지 못하는 것을 보고 느끼는 사람이다. 어릴 적에는 성장 속도도 걸음도 나보다 늦다고만 생각했는데 시간이 갈수록 함부로 출렁거리거나 넘치지 않고 단정히 찰랑찰랑거리는 내면에서 많은 걸 배운다. 이따금 작은 머리와 가슴으로는 해결할 수 없는 문제나 다독일 수 없는 감정이 생길 때면 언니와 밖을 나선다. 함께 대화를 나눌수록 마치 나의 삶의 돌기가 그녀의 돌기를 만나 조금씩 안전하게 깎여 나가는 상상을 한다.

오늘의 화두는 예술, 그리고 불안감이었다. 정답이 없다는 예술에도 보이지 않는 순위와 승패가 존재하고 있다는 것을 사무치게 느끼기 시작했다. 글을 쓸 수만 있다면 아무것도 바라지 않을 수 있으리라 생각했지만 출간하는 책이 늘어갈수록 더 높은 순위, 더 나은 평가를 바랄 수밖에 없는 것이 어쩔 수 없는 창작자의 본심이었다. 대학도 졸업하기 전에 하룻강아지처럼 용감하게 펴낸 첫 책 『지금, 여기를 놓친 채 그때, 거기를 말한들』이 기대와는 다르게 과분한 관심**과 응원을 받았다. 덕분에 두 번째와 세 번째… 계속 쓸 수 있게 되었지만 출발점의 기준이 다소 높았기 때문인지 기대만큼 채워지지 않는 반응이 이따금 나를 무겁게 가라앉혔다. 쓰는 행위의 즐거움만이 아니라 쓰는 삶의 지속가능성을 골똘히 고민하기 시작하며 비로소 직업인으로서의 작가가 되어가는 중인 모양이다.

아무도 시킨 적 없는 글을 홀로 쓰고, 긴 밤을 먹으며 자란 문장들을 다시 홀로 다듬고 근사한 옷을 입혀서 홀로 내보내는 독립출판, 1인 출판사. 긴 과정의 바퀴를 굴려 나갈수록 대체불가한 만족과 희열이 채워졌지만 기쁨의 휘발은 빠르고 그 빈자리에는 홀로 감내해야 하는 외로움과 불안감이 찾아왔다. 스스로 끊어내지 않으면 내내 뒤꽁무니를 쫓아올 그림자 감정과 싸우며 진이 빠질 때쯤 문득 언니의 삶이 궁금해졌다. 당신은 어떤 마음과 태도를 가졌기에 나보다 더 오랜 시간을 하나의 길을 향해 나아가고 있는 것인지.

스스로 정한 길을 아무 지원 없이 홀로 걷고 있는 것은 언니도 마찬가지였다. 매일 밤 오디션

사이트에 들어가 맞는 배역을 찾고 이른 아침에 나가 성실히 오디션을 보고 돌아오는 삶, 이른 새벽이든 늦은 밤이든 홀로 커다란 배낭을 메고 먼 촬영지에 다녀오는 삶. 작은 몸으로 이곳에서 저곳으로, 연기를 할 수 있다면 한계를 두지 않고 부지런히 몸과 마음을 옮겨 다니는 그녀를 보며 어느 날에는 에너지를 얻었고 어느 날에는 눈물이 나기도 했다. 사춘기가 시작되기 전까지는 수십 번도 더 바뀌었던 나의 장래희망과는 달리, 학교를 입학하기도 전부터 늘 배우라는 한 가지 꿈을 꾸던 언니의 작은 등은 늘 내게 수많은 감정을 느끼게 했다. 밤낮과 날씨, 계절에 상관없이 늘 같은 모습으로 현관문을 힘차게 열고 나아가는 그녀의 등.

앞서 씩씩하게 걸음을 옮기는 그녀의 등 너머에는 오늘도 기쁘고 환한 얼굴이 새겨져 있을까. 존경과 동경 사이를 엉뚱하게도 작은 심술이 비집고 들어왔다.

"벌써 몇 년째 매일 같은 길만 걷는데 우리가 겨우 여기까지 밖에 못 왔다는 게 조금은 억울하지 않아? 나는 언제부턴가는 제자리걸음만 걷는 것 같아."

울지 않으려 애쓰다 보니 퉁명해진 목소리로 물었다.

"알지, 애라야. 근데 사실 우리가 마음을 두어야 하는 건 다른 게 아니야. 몇 등을 하든 계속해서 그 세계에 속해 있는 것이 중요하다고 느껴. 어느 지점에 왔다는 것보다도 내가 어디에 속해 있는지가 중요한 거야. 어떻게든 이곳에 남아 있어야 우린 더 발전하게 될 테니까."

그녀는 아직 우리가 몇 등이라는 결과를 쥘 때가 아니라고 했다. 이미 이른 결과를 낸 동료들이 있지만 그들과 우리를 구분하는 건 승패가 아닌 시기일 거라고. 그래서 지금 우리가 바라봐야 하는 것은 우리가 도착한 어느 지점이 아니라, 시선을 더 넓게 두어서 어디에 속해 있는지를 보아야 하며 그것이 우리에게 계속해서 나아갈 기회를 주고 있다고 했다. 한 뼘의 책, 한 평의 작업실에 너무 오래 시간과 마음을 둔 탓에 잊고 있었지만 그 말은 사실이었다. 어쨌거나, 그럼에도 불구하고, 기어코 우리는 문학과 연기, 예술이라는 세계에 속해 조금씩 제 자리를 넓혀가고 있는 중이었다. 그것이 점점 더 단단해지고 환해지는 언니의 얼굴빛의 이유였다. 아마도 언젠가 내 얼굴에 서려 있었을 빛.

심각한 이야기를 가볍게 할 줄 아는 언니와 맞잡은 손을 아이처럼 흔들며 말 없이 조금 더 걸었다. 한 날 한 시에 태어나 같은 집 같은 방, 때로는 같은 침대에서 비슷한 꿈을 꾸며 비슷한 속도로 자라가고 있다고 생각했는데, 돌아보니 언니는 늘 나보다 반 보씩은 앞서 걷고 있었다. 그녀의 첫 공연과 두 번째 공연을 떠올렸다. 주인공을 맡아 초연을 올리기까지 잦은 긴장과 과도한 연습으로 언제 쓰러져도 이상하지 않을 만큼 말랐던 첫 공연에서도, 조연을 맡아 전보다 자주 등장하지는 않았어도 나올 때마다 관객들의 귀여움을 독차지하던 두 번째 공연에서도 언니는 늘 한결같은 모습으로 마음을 다했다. 얼른 무대에 올라서 대사를 던지고 싶었다며 무용담을 펼치듯 잔뜩 상기되어 있던 그 얼굴과 진한 화장이 생생하다.

그로부터 몇 년 후 나는 첫 책을 출간했다. 앞으로 몇 권의 책을, 얼마의 독자를 얻고 싶은지는 생각조차 하지 않았던 시절이 내게도 있었다. 그저 경주를 시작하고 싶었다. 아직은 무겁게만 느껴지던 작가라는 이름표를 달고 숨을 고르던 때,

몇 등을 하든 레인 위를 마음껏 달리고만 싶었던 그 마음을 다시 데려오기로 했다. 아직 끝나지 않은 경주에서는 지금 몇 위를 달리고 있는지는 중요하지 않다는 사실을 되새긴다. 다만 여기서 멈추지 않고 더 오래 달리기 위해서 나의 페이스를 찾아가기로 약속한다.

한 시즌만 달리다 사라지고 싶지 않다. 긴 경주를 이탈하지 않고 오래 달리고 싶다. 이따금 좁은 시야에 갇혀 현기증이 날 때도 있겠지만 그럴 때면 고개를 돌려 옆에서 부지런히 제 속도를 내며 달리고 있는 나의 언니, 그리고 어디선가 혼자만의 경주를 시작한 이들을 바라볼 것이다. 우리가 마침내 완주하는 그 어느 날에는 서로의 흔들리는 다리를 붙잡아주며 물 한 잔 나눠 먹을 수도 있을지 모르겠다는 다정한 상상을 야금야금 꺼내 먹으며.

* 쌍둥이 언니 |

배우와 작가로 활동하고 있다. 썸머라는 필명으로 에세이 『사랑은 물음표가 아닌 느낌표』(2022)와 소설 『길을 걷다가 넘어지면 사랑』(2024)을 펴냈다. 유튜브 채널 [난 아라요]에서 그녀의 일상을 만날 수 있다.

** 『지금, 여기를 놓친 채 그때, 거기를 말한들』 |

2015년 10월 31일에 출간한 나의 첫 책 『지금, 여기를 놓친 채 그때, 거기를 말한들』에는 열일곱부터 꾸준히 써온 습작이 모여 있다. 당시 대형 출판사 등 많은 곳에서 재출간 제의가 있었지만 긴 고민 끝에 책의 판권을 지켰다. 이후 출판사 문장과장면들을 열고 2020년에 10쇄 개정증보판으로 새롭게 출간되었다. 100 페이지가 더 늘어 열일곱부터 스물일곱까지 10년의 글이 모이게 됐다.

지칠지라도,

수행자

근사하고 아름다운 일인 동시에
처절하고 필사적인 일이다.
마치, 수면 아래에서 쉬지 않고
발을 움직이는 백조처럼
매분 매 초 수많은 감정을 오가는 일은
늘 처음처럼 새롭게 기쁘고
낯설게 무너지는 일이다.
시간이 흐르고 조금은 더 읽히고
조금은 덜 감춰졌지만
여전히 나의 이름은 유명보다는
무명에 가깝다.

저서 『낮달의 시간』
에필로그 중

(당시) 아흔에 가까운 화가 박서보(1931~2023)는 오래전 다큐멘터리에서 이런 말을 했다. 일평생 남과 달라지기 위해 애썼다고. 누군가를 앞서거나 뒤따르는 이들을 추월하는 게 아니라, 남들과 달라지기 위해서 익숙한 것들과 거리를 두고 곁을 비웠다는 그의 모습은 너무도 단단하여 마치 커다란 바위처럼 보였다. 한국을 넘어 세계가 인정하는 천재 화가는 애초에 남과 달리 태어나는 줄 알았는데 아니었다. 부단한 노력이 있었다. 겨우 십 년 안팎의 경력을 가진 나로서는 감히 짐작할 수 없는 외로움과 자기 의심을 견디며 자신만의 길을 갔을 것이다. 더할 나위 없이 온전해 보이는 지금도 그는 자신과 씨름한다고 했다. 그리하여 그의 작업은 날마다 진행 중이며 매일 더

깊은 골을 파내고 있는 것처럼 보였다. 전시명처럼 그는 정말 지칠 줄 모르는 수행자였다.

'지칠 줄 모르는 수행자.'*

지하철 전광판에서 처음 마주했던 아홉 글자의 개인전 카피는 마음을 이끄는 동시에 밀어내기도 했다. 밤늦도록 텅 빈 페이지와 씨름하는 나 역시 한 명의 수행자라는 자각과 동시에, 과연 내게도 '지칠 줄 모르는'이라는 수식이 붙을 수 있을까? 하는 의심이 찾아왔기 때문이다.

이 여름은 너무도 뜨거웠다. 애써 뭉쳐두었던 에너지와 열정이 쉽게 녹아내리는 이 계절에는 나를 괴롭게 하는 것들이 너무도 많았다. 너도 나도 어디론가 떠나는 여름이면 현저히 줄어드는 판매 부수, 은근하게 속을 뒤집어 놓는 사람들과의 잦은 약속, 습한 공기 중에 흐려지는 집중력과 판단력. 이 모든 변수로 인하여 벌어지는 실질적인 손실과 실수들… 이미 몇 번이나 경험했음에도 유독 힘들게 닥친 이 여름을 어떻게 버텨야 하는지 알 수 없었다. 잠시 고개를 파묻고 시간을 흘리던 중에 지칠 줄 모르는 수행자를 만난 것이다.

"나는 일평생 남과 달라지기 위해 노력했다. 예술에서 남과 같아서는 아무것도 될 수 없다."

작품과 인터뷰로 만나는 그의 인생관은 지친 내게 영감과 전율을 전해주었다. 커다란 캔버스 안에 길게 뻗은 직선들과 감각적인 색감들은 비좁은 머릿속을 가득 채운 고민들을 잠시 잊게 했다. 고요한 전시장에서 발소리를 죽이며 작품을 따라 걷는 중에 주머니에서 휴대폰이 울렸다. 며칠 뒤 진행 예정이었던 수업이 인원 미달로 무산이 되었다는 연락이었다. 불행 중 다행이라는 말조차 내 것이 아닌지, 불행 중 상심과 결핍을 연이어 맛보는 중이었다. 겨우 비워낸 마음이 다시 비좁아지기 시작했다. 그래, 이상과 현실은 다르지. 금세 풀 죽은 마음으로 전시장 벤치에 무너지듯 주저앉아 도착한 메일에 회신을 쓰기 시작했다.

전시장에서 멀어져 갈수록 수행자라는 이름은 나와는 어울리지 않는다는 생각을 했다. 당장 다음 달이 어떻게 흘러갈지 알 수 없는데 수행자라니 아직 내게는 불가능한 태도였다. 책을 쓰며 사는 건 고행과 같은 일이지만 나는 묵묵한 수행자보다는 적절한 보상과 응답을 기다리는 소시민에 가까운지도 모른다.

어느 것도 예측할 수 없는 삶을 살고 있다. 며칠 공을 들였어도 다시 읽어보면 영 쓸 수 없을 정도로 형편없는 원고가 있고, 마음 다해 준비한 강연과 수업이 여러 변수로 인해 갑작스럽게 없는 일이 되기도 한다. 도전적인 편이고 변화와 위기를 대처할 줄 아는 사람이라 자부해왔지만 이따금 별수 없이 무너지는 순간이 찾아왔다. 가만히 있어도 기운이 빠지는 푹푹 찌는 한여름에 기대했던 일들이 줄줄이 도미노처럼 무산되는 중에 그럼에도 불구하고 힘을 내보기에는 아직 회복 단력성이 부족했다. 터져나올 듯한 투정과 원망을 겨우 삼키며 도착한 모니터 앞에서 내가 할 수 있는 것은 꽁꽁 숨겨둔 찌질한 마음을 방언처럼 터뜨리는 일이었다.

아름답고 다정한 문장들을 써야 한다고 생각해 왔다. 누구도 내게 금지한 적 없지만 지저분하고 냄새나는 곪은 마음을 여과 없이 드러내는 일이 꺼려졌다. 잘 가꾸지 못한 화단에는 모여드는 시선이 없듯 아름답지 않은 이야기에 다가오는 시선이 있을까 생각했다. 하지만 대단한 착각이었다. 건강하고 아름다운 꽃을 길러내기 위해서는 때로는 냄새나는 거름도 필요하다. 모두가 피하는 개똥도 거름이 되어 향기로운 꽃을 피우게 돕는다는 게 이토록 감격스럽게 다가온 적도 없었다. 개똥 같은 원망을 쏟아내고 나니 마음이 한결 개운했다. 네모난 모니터가 마치 나를 해방시키는 문처럼 느껴졌다.

애초에 내가 글을 쓰기 시작한 것에 대단한 이유 따위는 없었다. 외롭던 학창 시절을 견디며 나의 슬픔이, 나의 고난이 기억 속에 흩어져 버리는 것이 아니라 얇은 종이 위에라도 새겨지길 바란 게 전부였다. 그것만이 어둡고 축축한 시절을 견뎌낸 나에 대한 증거이자 위로가 되어줄 테니까. 그렇게 시작된 이야기가 조금씩 더 멀리 닿기 시작하자 생각하지도 못한 것을 얻게 됐다. 누군가에게 읽혀지는 기쁨과 발견되었다는 안도. 그것이 점차 글을 쓰는 이유를 복잡하게 만들었는지도 모른다. 목표를 세우고 많은 것을 계획하며 때때로 실망했고 자주 피로해졌다. 잘 쓴다는 평가보다, 다만 좋은 글이라는 마음을 얻고 싶었는데 슬그머니 주객이 전도되는 중이었는지도 모르겠다.

한바탕 쏟아내고 파도치던 마음이 잔잔해지고 나서야 '지칠 줄 모르는 수행자'라는 문장 하나에 이끌리어 먼 서울의 전시장까지 닿게 된 이유를 알 것 같았다. 작가라는 직업을 넘어선 사명을 붙들고 살기로 결심한 순간부터 이미 나는 수행자였다. 잠시 지쳤을 뿐 여전히 수행자의 길을 걷는 중이다. 아흔에 가까워지면 '지칠 줄 모르는'이라는 수식에 다가설 수 있을지는 모르겠지만 아직은 지치면 지치는대로 주저앉아 엉엉 울기도 하고 잠시 주저앉아 쉬었다가 다시 길을 걷기로 했다. 고요한 울음을 종이 위에 터뜨리는 것도 수행의 한 종류일 테니까.

'지치는 중에 있는 수행자'

두서없는 문장들 끝에 자기소개를 하듯 써놓고 나니 한여름의 냉수를 들이켠 것처럼 속이 시원했다. 휴대폰 앨범을 열어 다시 한번, 정점을 찍고도 지칠 줄 모르는 수행자의 조각들을 본다.

예술에서 남과 같아서는 아무것도 될 수 없다

는 말을 위안 삼아서 유난스럽고 위태로운 내 젊음을 사랑하며 살기로 다짐했다. 아직 남겨진 이 여름은 땀내 진득하게 밴 아름다운 여름이 될 것이다. 여름의 한가운데서 나는 계속해서 박치기를 해나갈 것이다. 아프면 가장 크게 울고 화가 나면 세상이 떠나가라 소리를 지르면서. 그렇게 나의 길에 깊은 골을 파내어가는 수행자가 될 것이다. 지치는 것에도 지치는, 그리하여 지칠 줄 모르는 수행자가 될 때까지.

* 전시《 박서보 : 지칠 줄 모르는 수행자》(2019.05.18
~ 2019.09.01), 국립현대미술관 서울1, 2 전시실

오래 기다렸어,

나의 미래 친구

책을 펴냈다고 해서

세상이 달라지지는 않는다.

다만, 나의 세계가 뒤집어진다.

의심이 확신으로

외로움이 충만함으로

외톨이에서 매일 낯선 이들의 시선을 얻는

행운아로.

세계의 전복은 얇은 종이 위에 얹어진

시선으로 충분하다.

저서 『낮달의 시간』

수록글 '세계의 전복'

쓰는 사람들이 있다. 누군가는 글을 쓰고 곡을 쓰고 다른 누군가는 마음을 쓴다. 매일 저마다의 사정에 따라 돈을 쓰고 여러 이유에 따른 소모품을 쓴다. 무엇인가 쓴다는 것은 증명하는 일이 아닐까. 누군가의 집에 초대되었을 때나 한결같은 취향을 견지하는 이들을 보면 그들의 가구나 옷차림이 조용히 내게 말을 거는 것만도 같다.

'내게는 이러한 취향과 사고방식이 있어요.'
'나의 삶은 이런 모양을 가지고 있죠.'

다양한 씀 중에서도 글을 쓰는 일은 보다 구체적이고 직관적으로 삶을 증명하는 방식이다. 문자 그대로 개인의 가치관과 경험과 삶의 방식,

거기에 태도까지 고스란히 드러나는 일. 그러하기에 글을 쓰는 이들은 모두 용감하다. 아직 마주한 적 없는 이들에게 기꺼이 자신을 드러내기로 작정하였으니.

처음으로 글을 쓰고 싶었던 건 발견되고 싶은 마음 때문이었다. 한창 거울 앞에서 치장하기 좋아하는 사춘기 시절에도 나는 손을 씻기 위해 들른 화장실에서조차 고개를 푹 숙이던 아이였다. 호르몬의 변화로 울긋불긋한 얼굴이 부끄럽기도 했지만 새까만 두 눈이 낯설게 느껴졌다. 거울 너머의 내가 정말 내가 맞는지, 친구들이 부르는 나의 이름이 정말 내 이름인 것인지… 누구에게도 쉽게 이야기할 수 없는 낯선 마음을 털어내기 위해서 글을 쓰기 시작했다. 눈의 생김새나 세 음절의 이름으로는 설명할 수 없는 나라는 사람을 이야기하고 싶었다. 점심시간마다 매점과 운동장으로 달려나가는 친구들과 달리 한산한 교실에 남아서 창가를 물끄러미 바라보는 내가 즐겨 찾는 엉뚱한 상상들을 나누고 싶었다. 결핍이라고는 모르는 양 도도해 보이는 표정 너머에 켜켜이 쌓여 있는 크고 작은 상처들을 조심스럽게 꺼내보고 싶었다. 당장은 그런 나에게 눈을 맞추고 손을 맞잡아 줄 친구도 어른도 없었으므로 나는 미래친구(라고 쓰고 독자라고 읽는)를 기다렸다. 진짜 나의 얼굴을 볼 줄 아는 친구를 만난다면 그 시절의 나를 구석구석 만져보고 맡아볼 수 있도록 부지런히 썼다. 그 시절부터 나의 글들은 홀로 쓰고 감춰 읽는 일기가 아니었다. 모두에게 보내는 편지였다.

글이 아니라 용기를 내어 목소리로 나의 이야기를 전했더라면 나는 조금 덜 외로운 학창 시절을 보냈을까. 알 수 없는 일이지만 외로움을 먹으며 자란 문장들은 내게 진짜 친구만큼이나 소중했다. 비록 건네는 문장에 돌아오는 응답은 없지만 침묵이 더욱 안전하게 느껴지기도 하였다. 고요한 습작 노트 안에서는 나의 기쁨과 슬픔이 조금 유난스러워도 상관없었다. 그러한 자유는 마침내 글만이 아닌 사람들 속에서도 나를 조금 더 솔직한 사람으로 만들어 주었다.

여전히 글을 쓰는 일에 긴 시간을 쓰고 마음을 쓴다. 때로는 더 좋은 작업 환경을 위해 아끼지 않고 돈을 쓴다. 나의 모든 쓰기(spend)는 쓰기(write)를 향해 있다. 네모난 종이 형틀 위에 나의 삶을 녹여 부으며 내가 바라는 것은 하나다. 얇은 종잇장에 새겨진 나의 진심을 두 손으로 받쳐 읽어줄 누군가를 만나는 것. 부디, 글을 통해 나라는 사람의 민낯을, 삶의 모양과 취향을 면면히 발견해 주는 것. 그리하여 어떤 방식으로든 우리는 서로 연결되어 있다는 것을 서로 간에 알아차리는 것이다.

나와 살을 부대껴 본 적 없어도 나의 글을 깊이 음미해 본 적 있다면 어쩌면 당신은 내가 아주 오래 기다려 온 미래 친구일지도 모른다. 그 누구보다도 나를 잘, 오해 없이 알고 있는.

슈톨렌 한 덩이와

편지

긴 계절을 책상에 앉아서 보냈어요.
그간에 썼던 편지들은 모두 제 서랍 안에 있어요.
도저히 부칠 수 없더라고요.
꾹꾹 눌러쓴 글자 뒤에 숨은 구겨진 마음과
흐물거리는 신념을 행여나 들키지는 않을까
두려웠거든요.
어렵게 쓴 글자들이 조금도 아깝지 않다면
거짓말이겠지만, 서랍을 닫으며 그만 단념하기로 했어요.
나는 오래 이야기하고 싶은 사람이고
그러기 위해서는 나를 제대로 읽어줄
당신이 필요하거든요.

저서 『가깝고도 먼 이름에게』
수록글 '늦은 편지'

주말 오후 글쓰기 특강을 마치고 나니 목이 쉬어 버렸다. 글쓰기와 삶에 대한 자유로운 대화를 이끌기 위해서 활기찬 모습을 보인다는 게 조금 지나쳤던 모양이다. 첫 모임은 나에게도 모두가 초면이지만 전부 나만 바라보고 있기 때문에 오버텐션이 되고 만다. 사람들과 너무 많은 말을 하고 난 후에는 늘 고요한 시간이 필요하다. 그리하여 수업이 끝난 후에 습관처럼 숨을 곳을 찾았다. 천장이 높고 조도가 낮은 카페 한 구석에 앉아서 책을 읽고 글을 쓰며 시간을 보내던 중이었다.

띵, 문자가 도착했다.

[오늘도 유익했어요. 늘 열심히 수업 준비해 주셔서 감사해요.]

특강에서 유일하게 아는 얼굴이었던 K로부터 도착한 문자였다. 내가 진행하는 다양한 모임과 수업에 참여한 그는 수업이 끝나면 늘 담백한 인사를 전했다. 오늘은 하얀 쇼핑백도 건넸다. 그제서야 잠시 잊고 있던 쇼핑백을 열어보았다. 정성스럽게도 꽁꽁 싸여있는 빵 한 덩이와 손바닥만 한 봉투가 들어 있었다. 크리스마스를 기다리며 12월 한 달간 얇게 잘라먹는 슈톨렌과 또박또박 적어둔 글자들이 가득한 편지였다. 두 장의 편지지에는 잘못 접힌 자국까지 선명하게 남아 있었다. 마치 여러 계절 우직한 마음으로 나를 응원하는 그의 모습이 고스란히 담겨 있는 듯했다.

K는 수업과 마켓에 종종 찾아와 달콤한 디저

트와 함께 깨알 같은 글자들로 가득한 편지를 건네주는 사람이다. 벌써 수년째 나의 문장을 열렬히 읽어주고 때때로 글쓰기 모임을 통해 자신의 삶을 나누기도 하며 늘 적당한 거리에서 한결같은 마음을 내비치는 독자다. 참으로 성실한 응원. 내게 그러한 존재가 있다는 것은 얼마나 깊은 위로가 되는가. 무거운 고요 속에서 무명의 작가를 향한 어느 오랜 독자의 응원을 펼쳐 읽는 일, 편지 위로 눈물을 떨구며 눈물 젖은 디저트를 베어 먹는 일은 내 생애 아마도 손에 꼽히는 명장면이 되리라 생각했다. 그 순간 낯선 공간이 마치 집 같았다. 겨울에도 땀나도록 이곳저곳 오가는 나에게 잠시 허락된.

‘작가님을 봐온 지 어느새 3년이라는 시간이 훌쩍 지났네요. 그 시간 중에 아마 올해가 가장 바쁘셨지 않았을까 싶어요. 출판사 대표로서 작가로서 열심히 달려오시느라 이 1년이 어찌 갔는지도 모르셨을 것 같네요…. 앞으로 제 삶의 시간들도 작가님의 글과 함께 해 간다면 잘 견뎌 앞으로 나아갈 수 있겠다는 생각이 듭니다. 작가님의 치열한 하루하루가 이렇게 한 사람에게 큰 힘을 전하고 있다는 이야기를 꼭 드리고 싶어요.’

나의 치열한 하루하루가 큰 힘이 됐다는 문장을 반복해 읽었다. 보이지 않는 곳에서 나를 받쳐주고 있는 이들이 실재하다는 것을 실감하는 순간이었다. 기름진 얼굴로 모니터를 노려보던 오전과 파스를 두른 손목으로 열심히 박스를 옮기는 오후. 여전히 익숙하지 않은 거절에 의기소침해졌던 저녁과 일인 다역에 완전히 녹초가 되어 쓰러지는 새벽을 반복했다. 적막과 불안이 수시로 문을 두드리는 삶은 유일한 자랑이던 열정마저 가루를 내기도 했다. 이대로 나의 쓰는 삶의 챕터가 넘어가는구나, 싶을 때마다 거짓말처럼 내 손에는 작은 편지와 디저트가 쥐여져 있다.

비틀거릴지언정 아주 넘어지지 않고, 한 치 앞도 알 수 없는 길을 시원하게 달려본 적은 없지만 더듬더듬 안전하게 나아갈 수 있었던 것은 보이지 않는 곳에서 조용한 응원을 전하고 있는 이들의 은근한 시선 덕분이었다. 더 적은 시간과 노동으로 더 많은 이익을 내야만 똑똑하게 사는 것이라 말하는 세상에서, 종일 모니터 앞에 앉아서 겨우 몇 줄의 문장을 남기는 나는 어디쯤에 있는 걸까 불안할 때가 있었다. 그러나 치열하게 살아내며 남긴 몇 줄의 문장이 누군가의 삶의 원동력이 된다면 더는 이 삶의 효율을 따질 수는 없겠다.
나 하나쯤은 긴 시간을 느리게 여행하듯 살아가도 괜찮지 않을까. 용기가 생긴다. 멀리서 보았을 때와는 달리 이 삶이 때로는 낭만이라고는 눈곱만큼도 찾아볼 수 없는 유랑에 불과하다고 하여도 괜찮다. 주렸기에 이따금 맛보는 달고 짠맛의 위로를 그 누구보다도 제대로 음미할 수 있으니까.

어둑한 카페 구석에 앉아 그렁그렁한 눈으로 편지를 읽다가 머쓱해져 화장실로 향했다. 쏟아질 듯한 눈물에 반짝거리는 얼굴을 물끄러미 바라보다 찬물로 손을 씻었다. 뜨거운 머그잔을 감싸며 푹 퍼졌던 손끝이 다시 예민해진다. 오늘 아침과는 다른 마음으로 작업실로 돌아갈 수 있을 것 같다. 무엇이든 쓸 수 있을 것만 같은 자신감이 온몸에 퍼진다. 마치 몸살 든 몸에 약기운이 퍼지듯. 모든 게 끝나가는 것만 같은 한 해의 끝자락에 와있지만 언제든지 새로운 문장을 시작할 수 있다. 내가 끝을 맺지 않는다면 나는 매일 시작하는 사람이 될 수 있다.

12월의 어느 토요일, 음악 하나 흐르지 않는 고요한 카페에 앉아서 펼쳐본 편지 속 글자들의 리듬과 투박하게 잘린 슈톨렌 조각 하나. 아주 오랜만에 내가 쓰고 싶은 이야기의 시작이었다.

글을 쓴다면서
그런 말을

그러니까 근래 제가 과묵해진 건 당신과
더는 나누고 싶은 이야기가 없어서가 아니에요.
마음은 굴뚝인데 섣불리 뱉은 말들이
행여나 당신과 나 사이의 까만 연기가 될까 봐,
그래서 우리가 서로를 제대로 보지 못한 채
눈물만 글썽이게 될까 봐 두려워서 그랬어요.

저서『가깝고도 먼 이름에게』
수록글 '존중의 시대' 중

듣는 말에 민감할수록 뱉는 말에도 민감해야 하는데 이따금 그러지 못했다. 입은 하나라서 서둘러 뱉기에 급급하고 귀는 두 개라서 더 크게 듣고 반응하게 된다는 변명을 하고 싶은데, 이럴 때면 내가 가진 쓰는 직업이 마음에 걸린다. 글을 쓰며 사는 일이 나만의 소망이 아닌 공공연한 직업이 되었을 때 주변에서는 인지부조화가 일어났다. 어릴 적에 함께 뛰놀며 이따금 험한 말도 주고받았던 친구가, 동생이, 누나가 작가가 되었다는 사실이 스위치를 누르듯 쉽게 받아들여지는 것은 아니었을 거다.

종종 "글을 쓰는 사람이 어떻게…."라는 말로 시작되는 농담을 받곤 했다. 실없는 농담을 할 때나 맞춤법을 틀렸을 때, 아무 이유 없이 나를 골탕 먹이고 싶어 할 때, 친구들은 마법의 문장이라도 되는 듯 짐짓 심각한 표정으로 글을 쓰는 사람이 어떻게 그럴 수 있냐고 묻고 나는 웃음을 터뜨리며 "그럴 수도 있지!"라며 가볍게 멱살을 잡곤 했다.

"글을 쓰는 사람이, 글로 사람을 위로하겠다면서 내게는 어떻게 그런 말로 상처를 줄 수 있어? 지금 네가 얼마나 위선적인지 알아?"

글을 쓰는 사람이 어쩜,이라는 말 앞에서 더는 웃지 못하고 목덜미가 빳빳하게 굳고 마는 일이 있었다. 지금으로부터 수년 전의 일이다. 유치한

장난을 주고받다가 무심코 던진 말이 오랜 친구 마음을 할퀸 것이다. 저글링을 하듯 짓궂은 말들을 주고받으며 함께 자란 친구였기에 갑작스럽게 날이 선 반응에 한동안 정신을 차리지 못했다.
농담은 함께 주고받았는데 글을 쓰는 사람이라는 이유만으로 모든 갈등의 몫이 내게로 기운 것 같아서 억울한 마음도 있었다. 그보다 글을 쓰며 사람을 위로하겠다는 어린 날의 결심을 위선이라 말하는 그가 가혹했다. 쓰기로 결심하기까지 얼마나 많은 부침과 결핍과 싸워야 했는지 그도 충분히 알고 있을 거라고 생각했다. (더 나이를 먹고 나니 나를 아는 것은 결국 겨우 나밖에 없다는 것을 알았다. 나는 그의 마음을, 그는 나의 마음을 알지 못했다.)

그의 말을 묵상하듯 곱씹는 바람에 꽤 긴 시간 도안 우리의 관계는 얼어붙어 있었다. 정확하진 않지만 기억하건대 그가 내게 위선적이라는 단어는 잘못된 표현이었다며 진심 어린 사과를 전했고 그 덕에 우리는 다시 가까운 친구 사이로 돌아오게 됐다. 그러나 이전처럼 막역할 수는 없었다. 나의 장난기 그대로였지만 말을 할 때면 단어 선택에 신중을 기해야 했다. 그건 그 친구의 앞에서만은 아니었다. 처음에는 그가 뱉은 말이 센서티브한 친구만의 생각일 거라 여겼지만 시간이 지날수록 쓰는 사람의 말에 대해서 생각하게 되었다.

출간기념회나 강연에서 듣는 작가의 말에는

그들이 쓴 책 속 활자와는 다른 힘이 있다. 그들이 쓴 글에 색을 더 짙게 하는 말도 있었지만 반대로 그들이 쌓아온 이미지들을 (나에게만큼은) 와르르 무너지게 하는 말도 있었다. 글을 쓰는 사람인 동시에 읽는 사람으로서, 말을 하는 사람인 동시에 듣는 사람으로서 나도 종종 '글을 쓰는 사람이 어쩜 말을 그렇게……'라는 말을 속으로 삼키곤 했다.

고심하며 적어내는 문장과 습관처럼 툭 뱉어지는 말의 간극을 좁히기 위해서 만남을 줄이기도 했다. 집으로 돌아가는 길에는 그날 내가 뱉었던 말들을 복기하기도 했다. 후회와 안도를 오가며 최악의 말로부터 멀어져 갔다. 아니, 그런 줄 알았다. 그러나 여전히 종종 얼굴을 붉히게 되는 말실수를 한다. 집에 돌아오는 길에 버스 창문을 열고 고래고래 소리를 지르며 '아냐, 그 말은 하지 않았어야지!' 하고 싶은, 침대에 누워서 이불을 머리끝까지 덮은 채 사라지고 싶은 순간들은 조금씩 줄어들고 있지만 여전히 현재진행형이다.

이제는 스스로에게 묻는다. 글을 쓰는 사람이 어쩜 말을 그렇게 할 수 있냐고. 그럴 때마다 나는 무슨 말을 해야 할지 몰라서 입을 꾹 닫는다. 스스로가 만든 잠깐의 묵언의 감옥 속에서 말보다 더 나를 정확히 전할 수 있는 문장을 고른다. 어쩌면 내게 글쓰기란 이따금 변명과 자숙의 결실인지도 모르겠다.

모쪼록 남은 계절은 조금 더 적게 말하고 더욱 깊이 쓰는 삶을 살고 싶다. 여전히 쓰는 자리는 내게 송곳 의자 같다는 사실이 다행스럽다. 푹 퍼져서 아무렇게나 쓸 수 없는, 긴장감 있는 이 자리를 언제까지 지킬 수 있을지 알 수 없지만 오늘의 나는 오늘의 몫을 다 하고 싶다. 지난 실수들을 수습하고 만회하는 기회로 여기며.

함께 살아갈

고통

자칫 방심하면 비참한 마음이 차오른다.
그럴 때면 지나치게 부지런하고 철저하던
지난 계절들을 탓하며
비몽사몽의 겨울을 다독인다.
'무엇보다도 건강하고 씩씩할 것.'
외면되기 부지기수였던
삶의 방향을 다시 세운다.

저서『낮달의 시간』
수록글 '겨울방학' 중

깨어 있는 시간 중에 이동 시간을 제외하면 의자 등받이에 몸을 맡긴 채 두 손을 키보드 위에 올려 두고 생활하다 보니 몸이 조금씩 고장 나기 시작했다. 뒷골이 자주 땅땅해지더니 이따금 허리에 힘이 들어가지 않았다. 급기야 며칠 전 아침에는 스스로 몸을 일으킬 수 없을 수만큼 목과 어깨에 통증이 느껴졌다. 손 없는 물고기처럼 몸을 이리저리 팔딱거리고 나서야 겨우 일어날 수 있었다. 그날 이후로 주기적으로 병원을 찾았다. 신경외과, 도수치료 전문 병원, 재활센터…. 실력이 좋다는 곳을 전전했지만 통증은 점점 만성적으로 찾아왔다.

병원에 다녀온 후에 잠시 누리는 무통의 나날은 너무도 짧았다. 긴 시간 몰입하며 작업을 하고 싶어도 통증 때문에 더 쓸 수 없어서 조퇴하는 날들이 늘어갔다. 살기 위해 일을 해야 하지만 일을 하기 위해서는 또 살아내야만 하기에 얼마간은 성실히 약을 복용하고 작업실과는 반대 방향에 있는 병원을 꾸준히 다녔다. 그러다 조금 나아지니 다시 일에 몰두하기 시작했다.

여름과 가을을 건너오며 서너 권의 책을 출간하고 여러 지역에서 행사를 치렀다. 그사이 모른 척했던 게 괘씸하기라도 했는지 간간이 찾아오던 통증은 나를 삼킬 듯이 집요해지기 시작했다. 통증이 없는 게 어떤 것이었는지 기억이 나지 않을 정도가 되자, 멀고 용하다는 곳보다도 언제라도 드러누울 수 있는 동네 가까운 곳에 있는 병원을 찾았다. 긴 대기를 끝내고 마침내 치료 센터에 들어셨다. 베드에 누워서 치료를 받던 중에 선생님께 물었다. 고통스러운 이 통증을 아예 끝내는 방법은 없는 것인지. 멍한 상태로 있는 나에게 그녀는 지금 겪는 통증이 내 삶의 질을 얼마나 떨어뜨리고 있는지 숫자로 표현해 보라고 했다. 나는 십 중 칠팔 정도는 될 거라고 답했다. 그러자 선생님이 지긋이 나를 바라보며 말했다.

"고통은 사라지지 않아요. 함께 가는 거죠."

그런 끔찍한 말이 어디 있냐는 내게 그녀는 차분한 목소리로 말을 이어갔다.

"통증을 없애는 것이 집중하게 되면 삶이 고통스러워져요. 없애는 대신 어떻게 다뤄야 할지 생각해 보자고요, 우리. 통증을 잘만 다루면 삶의 질은 이전보다 더 올라갈 수 있어요. 목의 통증을 없애기 위해서는 등 근육을 키워야 해요. 근육을 키우는 과정은 쉽지 않아요. 통증을 느낄 테고 고통스러울 수도 있어요. 그러나 목은 더 편안해질 거예요. 지금 가지고 있는 통증을 어디로 보내고 받아야 하는지, 어떻게 도움을 줄 수 있을지. 그 사실을 알면 몸은 저절로 나아질 거예요. 지금 환자분이 느끼는 통증 중의 일부는 모르기 때문에 오는 두려움일 거예요."

모르기 때문에 오는 두려움. 언제 닥쳐올지 알 수 없기 때문에 더 아프고 슬프고 괴로운 것은 맞다. 중요한 일을 앞두고 일어서지도 못할 만큼

아플 것이라는 걸 알았다면 적어도 마음이 이토록 동요가 되지 않았을지 모른다. 통증이야 사라지지 않을 테지만, 적어도 어떤 마음으로 이 통증을 다뤄야 할지 정도는 알고 있었겠지. 돌아보면 나는 꽤나 예측 가능한 삶을 살아왔다. 하는 만큼 성적을 올렸고 동경하는 이들에게 다가가 마음을 얻어 친구가 되기도 했다. 목표하는 금액의 저축도 차근차근 해나갔고 조금씩 더 나은 곳으로 집을 옮기기도 했다. 그러나 내가 가장 사랑하는 일에서는 전혀 예측이 되지 않았다. 시간과 정성을 붓는다고 이렇다 할 성과가 응당 드러나지 않는 삶을 선택하며 내가 가장 먼저 잃었던 것은 아마도 숙면, 종국에는 건강이었다. 가끔은 콩쥐의 밑 빠진 독을 온몸으로 메꿔주던 두꺼비가 되는 꿈을 종종 꾸기도 했다. 반은 채우고 반은 흘려지는 나의 청춘들. 그끝에 결국 통증이 남았을까. 자기 연민에 물들어 버렸던 시절이 있었다. 그런데, 통증이 사라지지 않는다니. 도리어 마음이 명쾌해졌다.

한 시간 남짓의 치료를 받는 동안 선생님의 말을 잊지 않기 위해 반복해 되뇌었다. 분명 치료를 받기 위해 병원에 들어섰는데 밖을 나왔을 때의 기분은 도서관에서 마음을 흔드는 한 줄의 문장을 발견하고 나오는 것만 같았다. 통증을 다룰 수 있다는 사실을 알게 된 이후로 절반의 통증은 사라진 것 같았다. 어차피 사라지지 않을 통증이라면 끌려다니고 싶지 않았다. 평생 운동이라고는 유산소를 벗어나지 못하던 내가 아침 헬스를 시작했다. 가슴을 내밀고 턱을 당기고 코어에서 힘을 느껴야 한다는 그 말이 무엇인지는 아직도 잘 모르겠지만, 운동 후에 찾아오는 통증이 반갑다.

고통이 사라지지 않고 함께 가는 것이라면 나는 이 고통을 이왕이면 더 잘, 근사하게 느껴보고 싶다. 더욱 부지런하게 근육을 키워나가고 싶다. 비단 몸의 근육만이 아니라 마음의 근육도.

마이너 꼴찌가 될 줄은

몰랐는데요

왜였을까. 난 늘 그랬다.

어떤 서사를 만나든 주인공보단

주인공 친구의 절절한 짝사랑을 응원했다.

잘 보지도 않는 드라마에 간만에 꽂혔다 하면

언제나 저조한 시청률의 것이었고

한 달에 몇 번이고 극장을 찾는 내게

경적을 울리던 것은 언제나 아무도 모르게

오르고 내리던 영화였다.

그래, 이 애정의 출발은

묘한 동질감이었을 것이다.

저서 『언젠가 머물렀고 어느 틈에 놓쳐버린』

수록글 '마이너적인 취향' 중

한때 대중음악보다 인디음악을 좋아하고 상업영화보다 저예산 예술영화를 즐겨 보는 걸 근사하게 여기던 때가 있었다. 천편일률적인 성공 신화보다는 개개인의 이야기에 더 많은 가치를 두기 시작하던, 바야흐로 다양성의 시대가 열리기 시작하던 무렵이었을 거다. 그 무렵의 나는 지방의 국립대에서 국문학과 기업교육학을 복수 전공한 3학년이었다. 작가라는 꿈을 공공연하게 꾸었지만 한편으로는 안정적인 삶을 열어줄 것만 같은 대기업 취업 역시 놓지 못했던 나는 대학 시절 내내 지독하게 학점 관리를 했고 서울과 인천을 오가며 다양한 대외활동 경험치를 쌓았다. 낮에는 대학에서 공부를 하고 저녁에는 아르바이트를, 한밤중에는 습작을 이어나갔다. 모두가 선망하는 기업 사원증을 목에 걸고 당당하게 로비를 들어서는 내 모습과 작가라는 이름으로 독자들 앞에서서 글 너머의 이야기를 풀어놓는 내 모습이 꿈속에서 부지런히 교차되던 시절이었다.

그때 나는 작은 이야기에 매료되어 있었다. 작은 영화사에서 나온 영화(혹은 영화사 없이 제작된 한 뼘의 영화들)와 아직 앨범을 내지 못한 인디 뮤지션들의 습작곡을 줄줄 외곤 했다. 순전히 작품이 좋았던 경우도 있었지만, 세상이 알아주지 않아도 꿋꿋하게 제 목소리를 내는 그들의 태도와 기세를 동경했던 듯도 하다. (아직) 대중의 관심과 사랑이 없어도 자기 확신이 창작의 동기가 될 수 있다는 것을 그들로부터 배웠다. 대학교 3학년 1학기를 마치고 용감하게 출판사도 없이 첫 책을 용감하게 낼 수 있던 것도 나의 오랜 응원과 애정이 향했던 작은 영화와 음악들 덕분이었다.

나의 스물셋에서 서른하나 사이에는 어느덧 아홉 권의 책이 놓여 있다. 가수는 자기가 부르는 노래를 따라간다는 말은 들어본 적이 있지만, 마이너 취향을 가졌다고 해서 마이너한 작가로 남는다는 말은 들어본 적이 없는데 짧지 않은 시간이 흘렀음에도 나는 여전히 유명보다는 무명에 기울어진 작가로 살아가고 있다. 9년이 넘는 시간 책을 펴냈지만 나를 설명하기 위해서는 여전히 많은 문장들이 필요하다. 드문드문 발견되는 고요한 인지도와 화제성을 유지하며 살아가고 있다. 유명세와 돈만을 좇았더라면 작가의 일을 결심하지 않았을 테지만 9년이라는 시간 동안 제자리를 맴돌게 될 것을 알았더라면 그 시절, 나의 선택은 달랐을까.

'잔잔한 인지도와 예측 가능한 범위의 성과.'

의연하게 살아가고 있다지만 지루한 것을 잠시도 견디지 못하는 내가 매일 같은 자리에 앉아서 성실하게 치열하게 발버둥치며 써낸 시간들이 가끔은 꼴찌의 성실함처럼 덧없이 느껴질 때가 있다. 비밀스럽게 지원했다가 비밀스럽게 탈락하고만 문학상들, 수개월 품 안에서 갈고닦아 펴낸 책의 출간 직후 순위를 새로고침하며 기대하고 실망하기를 반복하던 아침들. 열심과 최선을 다

하면 (고작) 죽는다는 세상에서 너무 열심히 하는 일은 천재가 되지 못한 이들의 촌스러운 애씀이 아닐까? 이러지도 저러지도 못하는 나날이 내게도 도래한 것이다.

2024년의 해가 밝고 나를 괴롭혔던 건 자기 확신의 부재였다. 잘 썼다, 못 썼다는 외부의 말에는 조금도 흔들리지 않았지만 자신에게 더는 해줄 말이 없어지자 나는 바람 빠진 풍선처럼 정신없이 고꾸라졌다. 그러던 중 박완서 작가가 쓴 글을 읽었다.

> 나는 그런 표정을 생전 처음 보는 것처럼 느꼈다. 여직껏 그렇게 정직하게 고통스러운 얼굴을, 그렇게 정직하게 고독한 얼굴을 본 적이 없다.

가슴이 뭉클하더니 심하게 두근거렸다. 그는 20등, 30등을 초월해서 위대해 보였다. 지금 모든 환호와 영광은 우승자에게 있고 그는 환호 없이 달릴 수 있기에 위대해 보였다.

| 박완서 에세이 『사랑을 무게로 안 느끼게』
수록글 '꼴지에게 보내는 갈채' 중

우연히 닿은 마라톤 현장에서 기대했던 선두주자가 아닌 꼴찌의 얼굴을 마주하며 작가가 느꼈던 감정을 나도 알 것 같았다. 정직하게 고독하게 환호 없이 달리는 사람들이라니. 나에게 홀로 쓰는 삶에 용기를 심어준 작은 음악가, 영화인들이 떠올랐고, 그 끝에는 아무도 모르게 고독히 새로운 문장을 낳느라 진통을 겪던 나의 밤들이 떠올랐다.

왜 그들이 그들의 체력으로 할 수 있는 하고많은 일들 중에서 그 일을 택했을까 의아스럽기까지 하다.

| 박완서 에세이 『사랑을 무게로 안 느끼게』
수록글 <꼴지에게 보내는 갈채> 중

작고 좁은 나의 세계를 지켜내기 위해 골몰하는 나의 삶은 어떻게 비춰질까. 굳이 고된 나를 택하여 읽어주는 독자들뿐만 아니라, 긴 시간 나라는 한 사람의 삶에 짙은 애정과 응원을 아끼지 않는 가족과 친구들은 나의 고집스러운 삶을 어떻게 바라볼까. 동경과 연민 그 어디쯤일까. 첫 책에 호기롭게 써냈던 문장이 있다.

아직 세상 앞에 온전히
제 빛을 밝히지 못했어도
내 가슴 속에서 깊이 숨 쉬는 사람.
홀로 컴컴한 길을 걷고 있을 때
자꾸만 찾게 되는 사람이었으면
모든 것이 시들시들 힘을 잃어갈 때
숨고 싶은 한구석이었으면
남몰래 숨겨 두었다가도
가끔은 꺼내 보이고 싶은 자랑이었으면.

| 저서 『지금, 여기를 놓친 채 그때, 거기를 말한들』 수록글 '당신의 인디'

용감하게 써냈던 문장처럼 누군가는 나의 작은 이야기를 통해 새로운 꿈을 꾸고 있을까? 어쩌면, 왜 여전히 앞서지 못하고 제자리에 머물고 있는지 의아함을 느낄지도 모르겠다. 너무도 미약해서 잘 보이지 않는 성장 속에 내가 있다. 이 미약한 삶에도 열렬한 갈채를 보내는 이들이 있다. 아직은 스스로를 연민하는 게 아니라 작지만 분명히 존재하는 소리에 귀 기울이고 싶다.

누구도 경주를 시작하기 전에는 자신이 꼴찌가 될 거라고 생각하지 않는다. 죽을힘을 다하기로 작정하기 때문에. 그러나 죽을힘을 다한다고 누구나 선두가 될 수 있는 것도 아니다. 하지만 경기가 끝나기 전까지 레인을 이탈하지만 않는다면 어디까지 나아갈 수 있을지는 아무도 모른다.

마이너가 될 줄 모르고 책을 내기 시작했다. 여전히 대중 작가라는 이름은 멀지만 계절이 바뀔 때마다 나의 문장들이 조금 더 멀리 나아가고 있음을 안다. 아직도 하고 싶은 이야기가 내 안에 많이 남아 있다. 나는 꼴찌라도 좋으니 계속 이 길을 달리고 싶다. 아직 누구에게도 하지 못한 말을 조심스럽지만 용감하게 뱉어보고 싶다.

"마이너 꼴찌가 될 줄 모르고 시작했는데요, 계속하다가 보면 언젠가는 선두가 될지도 모르죠. 영원한 건 없으니까요. 꼴찌도 선두도."

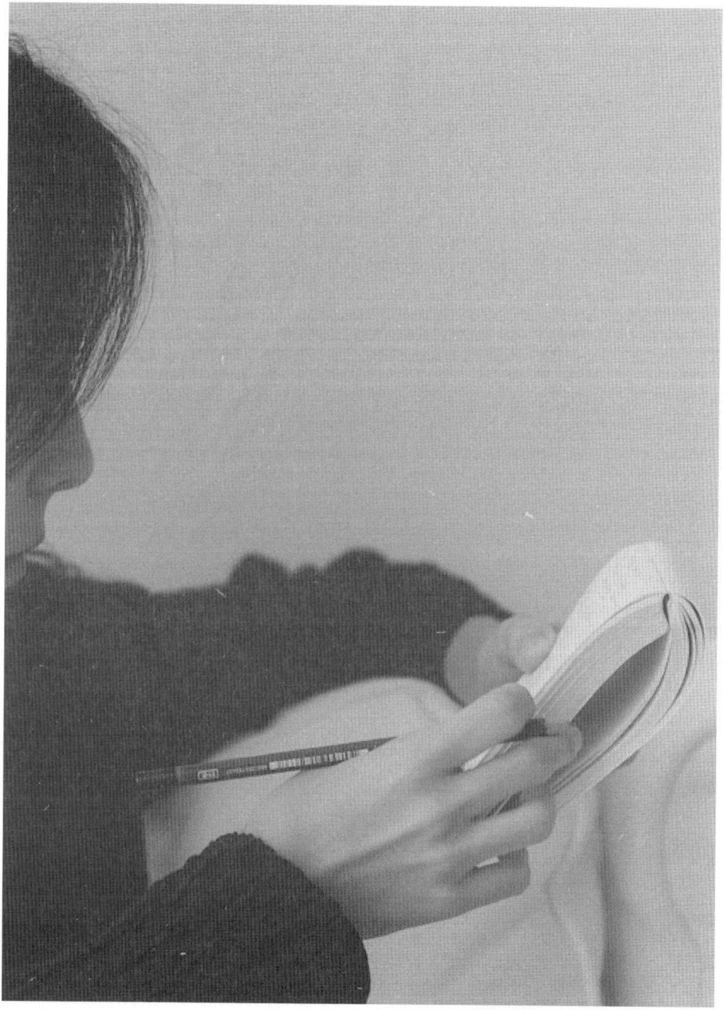

진심을 이야기할 때는 가장 작은 목소리로

오래, 깊이 가라앉을 수 있도록

문장과장면들은 우리가 이야기하는 방식입니다.

우리는 세상에 작은 빛을 전하기 위해 책을 펴냅니다.

Sentence and scenes are the way we talk.

We publish books to give the world a little light,

wtih jesus.